# Neue spielbare Witze für Kinder

Heinz Schmalenbach

# Neue spielbare Witze für Kinder

FALKEN

Von Heinz Schmalenbach sind im FALKEN Verlag außerdem erschienen:
»Spielbare Witze für Kinder« (Nr. 824)

ISBN 3 8068 1173 3


Titelbild und Zeichnungen: Fay Grambart, Offenbach

Satz: Dinges & Frick GmbH, Wiesbaden
Druck: Wiesbadener Graphische Betriebe GmbH, Wiesbaden

817 2635 4453 62

# *Inhalt*

*Vorhang auf*

# *Vorwort:*

# *Wie, geht's denn noch nicht los?*

Das werden jetzt sicher einige von euch denken. So ein Vorwort ist doch schrecklich langweilig, und es ist bestimmt nicht notwendig, daß wir es lesen. Das mag für viele von euch zutreffen. Wenn ihr schon öfter Sketche vor Publikum aufgeführt habt, dann fangt doch getrost sofort mit dem Üben der Stücke an. Solltet ihr später allerdings für die Herstellung einiger Requisiten doch einen Tip brauchen, könnt ihr ja immer noch ins Vorwort schauen.
Wenn ihr euch aber mit Hilfe dieses Buches das erste Mal an die Aufführung von Sketchen heranwagt, dann nehmt euch am besten erstmal die Zeit, die folgenden Seiten durchzulesen. – Keine Angst, ich fasse mich so kurz wie möglich. Schließlich fand ich Vorworte früher auch immer überflüssig.

**Und so wird's gemacht:**
*Spielanleitungen und Requisiten*
Zunächst müßt ihr vor jeder Aufführung die vier großen »W« bedenken: »Was? Wann? Wo? Wie?«
*Was spielen wir?*
Natürlich alles, was uns Spaß macht, dann fällt sogar das Textlernen leicht, und es ist fast sicher, daß die Stücke dem Publikum auch gefallen.
*Wann spielen wir?*
Immer, wenn sich die Gelegenheit dazu bietet: an Kindergeburtstagen, bei Familienfeiern, auf Schul- oder Klassenfesten, während des Karnevals oder einfach, wenn wir Lust dazu haben.
*Wo spielen wir?*
In einem Saal, im Wohnzimmer, im Garten, im Klassenraum.
*Wie spielen wir?*
Das wichtigste ist, daß ihr Spaß am Spielen vor Publikum habt. Es versteht sich von selbst, daß ihr euren Text fehlerfrei beherrschen müßt. Die meisten Sketche in diesem Buch sind so kurz, daß euch auch das Auswendiglernen keine Schwierigkeiten bereiten dürfte. Darum legt bitte nur im äußersten Notfall den Text vor euch auf den Tisch oder in eine Zeitung, z.B. wenn einer von euch die Rolle für einen krank gewordenen Mitspieler übernehmen muß.

Denkt daran, bei der Aufführung laut und deutlich zu sprechen. Die Zuschauer sollen euch ja verstehen! Wendet ihnen beim Sprechen nie den Rücken zu. Wenn ihr z.B. bei einem Sketch an einem Tisch sitzt, dann stellt die Stühle so auf, daß ihr immer zum Publikum sprechen könnt.

Noch ein paar wichtige Tips:
Wenn ihr während eines Sketches ein Telefonat mit jemandem führt, der auf der Bühne nicht zu sehen ist, dann denkt daran, ab und zu eine Pause beim Reden einzulegen. Schließlich muß euer Gesprächspartner ja auch mal zu Wort kommen können. Eine sehr wichtige Person bei vielen Sketchen ist der »Unsichtbare«. Er ist dafür verantwortlich, daß die Geräusche (z.B. Klingeln oder Klopfen) zum richtigen Zeitpunkt kommen und daß der Vorhang im richtigen Moment geöffnet und geschlossen wird. Sehr wichtig ist das Ende eines Sketches. Ihr müßt es dem Publikum durch Schließen des Vorhangs anzeigen, denn schließlich müssen eure Zuschauer ja wissen, dürfen wir jetzt klatschen oder kommt noch etwas. Sollte kein Vorhang vorhanden sein, reicht es auch, wenn der »Unsichtbare« das Licht kurz löscht.

Und nun zu den Requisiten
Für viele Sketche in diesem Buch ist außer einem Tisch und Stühlen, die ja überall vorhanden sind, nichts Besonderes notwendig. Für das Kapitel »Pausenfüller« braucht ihr sogar überhaupt keine Requisiten. Doch wir können nicht immer auf sie verzichten.
Habt aber keine Angst um euren Geldbeutel, denn die notwendigen Utensilien müssen nicht gekauft werden, sondern ihr könnt sie selbst herstellen. Ihr braucht in der Regel nicht mehr als Papier, Pappe, Klebstoff und Farbe.
Noch ein Tip, wie ihr große Pappstücke bekommen könnt: Fragt bei nächster Gelegenheit in einem Geschäft für Elektrogroßgeräte oder bei einer Möbelspedition nach, ob sie euch ein paar große Kartons aufheben, wenn sie wieder einen Kühlschrank oder eine neue Küche ausliefern. Das klappt ganz sicher.
Da diese Pappe in der Regel beschriftet ist, müßt ihr sie nach der Verarbeitung mit Papier überziehen. Dazu könnt ihr alte Tapeten so auf die Pappe kleben, daß die weiße Rückseite nach außen zeigt. Und nun die einzelnen Dekorationsstücke in alphabetischer Reihenfolge:

*Baum:* Wie ein Baum aussieht, weiß jeder. Damit euer Baum auf der Bühne auch nicht umkippt, klebt ihr hinter den Stamm einen dreieckigen Pappständer. Malt zunächst den Umriß auf Pappe auf: der Stamm soll etwa 1,30 m lang sein, der Durchmesser der Krone rund 80 cm betragen. Dann schneidet ihr beides getrennt aus, beklebt die Teile mit Tapete und bemalt diese. Jetzt entfernt ihr deren überstehende Ränder und klebt danach die Krone an den Stamm.

Als *Bett* könnt ihr ein echtes benutzen, aber meist dürfte sich der Transport zu schwierig und auch zu aufwendig gestalten. Sollte ein Sofa am Aufführungsort vorhanden sein, so benutzt ihr das. Ansonsten baut ihr das Bett einfach aus drei Stühlen zusammen. Das reicht vollkommen aus. Die Zuschauer erkennen an der Bettdecke, worum es sich handelt.
Ein *Fahrrad* hat ja fast jeder von euch. Darum ist es sinnvoll, für diesen Sketch ein richtiges Rad zu benutzen und nicht eines aus Pappe herzustellen.
Den *Kassenschalter* fertigt ihr wieder aus Pappe an und befestigt ihn auf einem Tisch. Mehr als Worte sagt euch sicher die Abbildung.

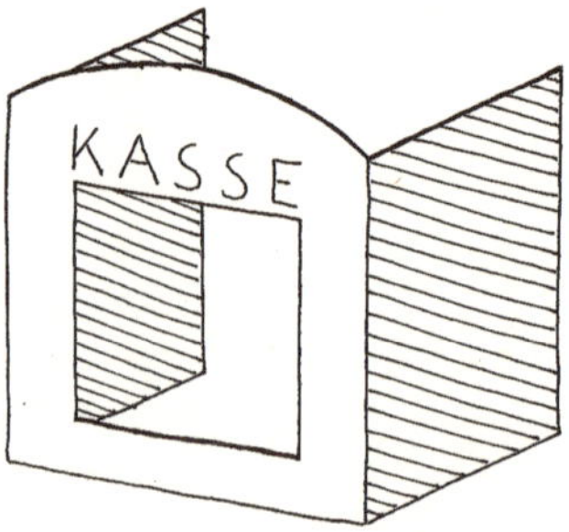

Ein *Kinderwagen* ist fast immer schnell aufzutreiben: Wenn ihr aber keinen alten mehr zu Hause habt und auch keinen Puppenwagen, dann fragt doch bei Bekannten oder Verwandten nach. Irgendwer besitzt bestimmt einen, den er euch zur Verfügung stellt.

Der *Lügendetektor* kann einfach ein Kind unter einer Decke sein. Wirkungsvoller, aber auch aufwendiger ist ein großer, bunt bemalter Lügendetektor aus Pappe mit vielen Knöpfen und Schaltern sowie mit einigen Luftlöchern. Er muß allerdings so groß sein, daß ein Kind darunter Platz hat.

Das Schild *Rezeption* müßt ihr so groß schreiben, daß es auch noch die Zuschauer in der letzten Reihe lesen können.

Das gleiche gilt für das Schild *Sheriff*, das ihr für einen der Sketche anfertigen müßt.

*Telefon*: Hier gibt es mehrere Möglichkeiten. Entweder ihr verwendet ein Spielzeug- oder ein altes Haustelefon, oder ihr fragt mal bei der Post nach, ob ihr eventuell ein altes Telefon oder wenigstens einen Hörer bekommen könnt.

*Telefonzelle:* Als Grundstock benutzt ihr einen alten Stuhl. An seine Lehne heftet ihr ein geknicktes, etwa 1,20 m hohes, gelb angestrichenes Stück Pappe.

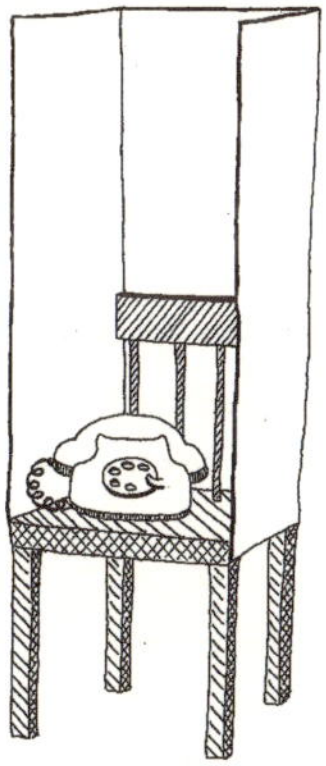

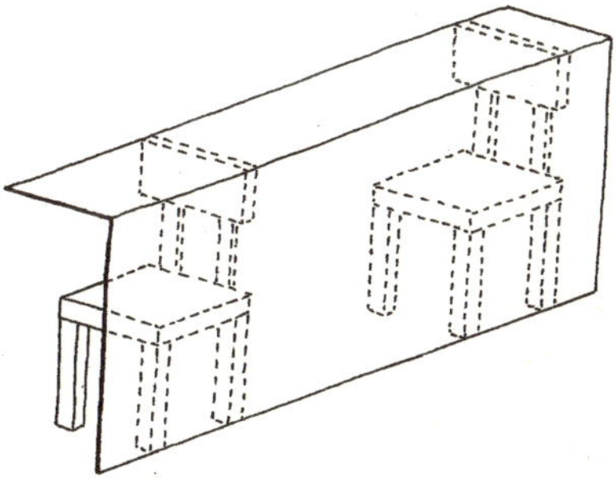

Für den *Tresen* braucht ihr zwei gleich hohe Stühle und natürlich wieder Pappe. Der Tresen sollte etwa 2,00 m lang sein; seine Höhe richtet sich danach, wie hoch die Lehnen der Stühle sind, die ihr zur Verfügung habt. Aber auch hier sagt euch die Zeichnung mehr als viele Worte.

*Trennwand:* Bei einigen Sketchen braucht ihr eine Trennwand. Dafür verwendet ihr ein paar Dachlatten und ein altes Tuch, etwa 1 m breit und 2 m lang, das ihr an zwei rund 1 m langen Latten befestigt. Die Seitenstreben (siehe Abb.) sollten 2 m lang sein. Die senkrechten und die waagerechten Latten verbindet ihr zusätzlich durch Winkeleisen miteinander. Wem dieser Aufwand zu groß ist, der stellt einfach einen großen Pappkarton zwischen zwei Stühle, die mit den Rückenlehnen zueinander stehen.

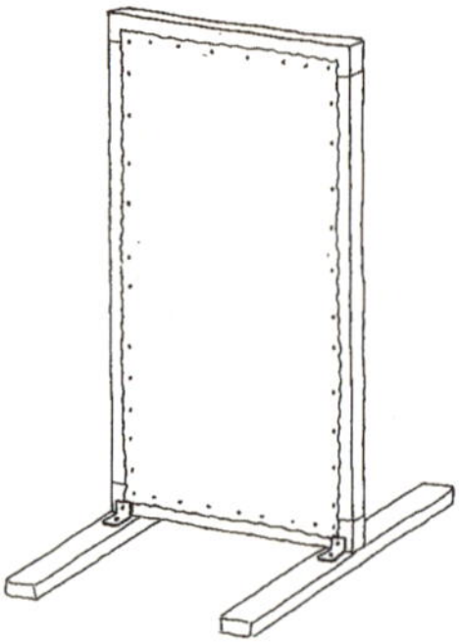

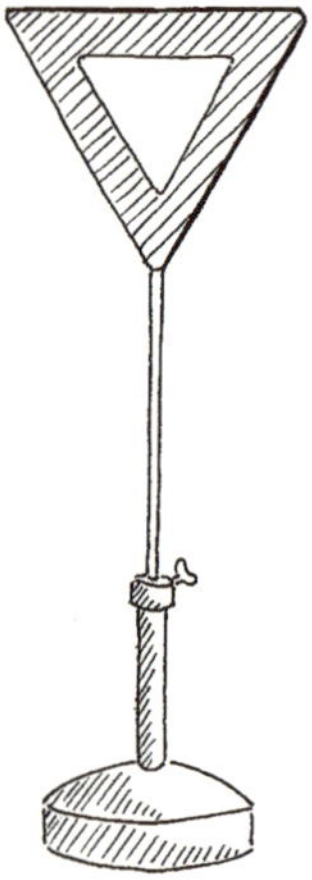

*Verkaufstheke:* Dafür könnt ihr einen ganz normalen Tisch nehmen. Aber um sie echter wirken zu lassen, hier noch ein Tip: Sammelt Titelblätter von Illustrierten, Werbebeilagen und Poster, die ihr auf Pappe aufklebt und danach an die Verkaufstheke lehnt. Bittet auch Verwandte und Nachbarn, euch zu helfen, damit ihr eine große Auswahl an Bildern habt.

*Verkehrsschild:* Hierfür verwendet ihr einen Sonnenschirmständer, in den ihr einen Besenstiel oder einen Stock steckt. Am oberen Ende befestigt ihr mit Klebeband das aus Pappe hergestellte Verkehrsschild. Der Besenstiel oder der Stock kann auch ganz einfach in ein Fußgestell für den Weihnachtsbaum oder in einen mit Erde gefüllten Eimer oder einen großen Blumentopf gesteckt werden.

*Vogelkäfig und Vogelbeine:* Ihr könnt natürlich einen echten Käfig nehmen, nur erhebt sich dann die Frage: »Wohin kommt der Vogel in der Zwischenzeit?« Darum ist es sinnvoller, den Käfig aus

Pappe herzustellen. Es reicht dabei völlig aus, wenn ihr mehrere Pappstreifen zuschneidet und sie zu einem Gitter zusammenklebt. Die beiden äußeren Stäbe sollten allerdings aus Holz sein, damit euer Käfig stabil genug ist, denn er wird mit einem Tuch halb zugedeckt.

Die Läufe (Krallen und Beine) des Vogels stellt ihr ebenfalls aus Pappe her und klebt sie einfach hinter die Gitterstäbe. Ihr könnt natürlich auch aus dem Biologieraum der Schule einen ausgestopften Vogel ausleihen, aber auch von ihm dürfen nur die Beine zu sehen sein.

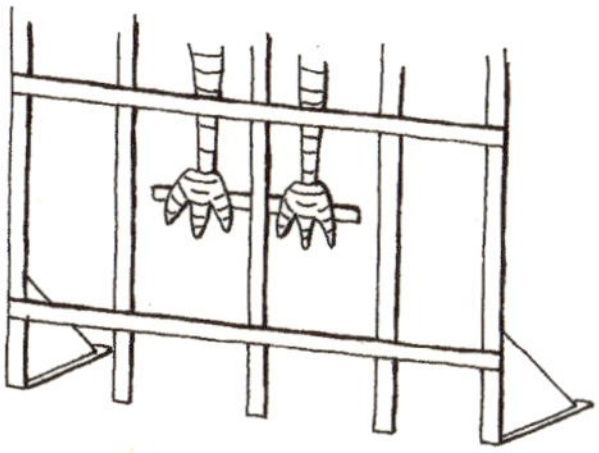

*Zapfsäule:* Auch sie fertigt ihr aus mit Papier beklebter Pappe an. Auf der einen Seite schneidet ihr dann ein Loch, in das ihr die Zapfpistole hineinstecken könnt. Der Benzinschlauch kann ein Seil oder ein Tau sein, für das ihr ebenfalls ein Loch in die Pappwand bohrt.

*Die Geige*

# Familie und Spiel:

# Das waren doch seine Vorderzähne

# Lecker

**Personen:** Mutter
Susi
Tante

**Spielanleitung:** *Auf der Bühne stehen drei Stühle und ein Tisch, den die Mutter gerade zum Kaffeetrinken deckt.*

Mutter *(laut)*
Susi!

Susi *(kommt auf die Bühne)*
Ja, Mama; was ist?

Mutter Hilfst du mir bitte den Tisch decken, denn gleich kommt Tante Herta, und ich muß auch noch die Sahne für unseren Kuchen schlagen.

Susi Ist in Ordnung.
*(Es klingelt.)*

Mutter Ach, das wird sie sicher schon sein. Susi, machst du mal bitte die Tür auf?

Susi *(geht auf die Seite der Bühne, auf der es geklingelt hat, und kommt mit der Tante zurück)*

Tante *(geht auf die Mutter zu)*
Hallo, Beate.

Mutter Tag, Herta, schön, daß du da bist. Du mußt aber noch ein bißchen auf den Kaffee warten, denn ich muß erst die Sahne schlagen.

Tante Das macht doch nichts, Beate. Laß dir ruhig Zeit. Susi kann mir ja inzwischen Gesellschaft leisten. Das machst du doch, Susi?

Susi Aber sicher, Tante Herta.

Mutter — Na, dann will ich mal eben.
*(Sie verläßt die Bühne.)*

Susi — Setz dich doch, Tante Herta.

Tante — Das ist eine gute Idee.
*(Sie setzt sich auf einen der drei Stühle.)*

Susi — Du, Tante Herta, eigentlich wollte ich ihn dir erst später geben, aber weil der Kaffee noch nicht fertig ist, kannst du ihn auch jetzt schon haben.

Tante — Was denn?

Susi — Ich hab' dir einen Bonbon aufgehoben. Möchtest du ihn haben?

Tante — Gern.

Susi — *(holt einen bereits ausgewickelten Bonbon aus der Hosentasche und gibt ihn der Tante)*
Hier, Tante Herta, für dich.

Tante — Danke.
*(Sie nimmt den Bonbon und lutscht ihn mit viel Genuß.)*

Susi — *(schaut ihr eine ganze Weile zu)*

Tante — Mhmm! Lecker!

Susi — Er schmeckt dir, oder?

Tante — *(genüßlich)*
Ja, sehr.

Susi — Dann verstehe ich nicht, warum unser Dackel ihn vorhin ausgespuckt hat.

**– Vorhang –**

# Die Geige

**Personen:** Vater
Eva
Jens

**Spielanleitung:** *Auf der Bühne stehen drei Stühle und ein Tisch, an dem der Vater sitzt und Zeitung liest. Jens sitzt ebenfalls am Tisch und macht seine Hausaufgaben.*

Jens — Papa!

Vater — *(hinter der Zeitung, ohne aufzublicken)*
Ja?

Jens — Papa, kannst du mir sagen, wo die Balearen liegen?

Vater — Da fragst du am besten Mama, die räumt doch immer alles weg.

Eva — *(kommt auf die Bühne gestürmt)*
Papa, Papa!
*(Sie reißt ihrem Vater die Zeitung aus der Hand und setzt sich auf seinen Schoß.)*

Vater — Na, na, Eva, nicht so stürmisch.

Eva — *(schmeichelnd)*
Papa?

Vater — Ja, was ist denn, Evchen? Du willst doch irgendwas, das seh ich dir ja an der Nasenspitze an.

Eva — Papa, du weißt doch, daß ich bald Geburtstag habe, nicht?

Vater — Aha, daher weht der Wind!

Eva — Du, Papa, ich wünsch' mir zum Geburtstag ganz, ganz doll eine Geige.

Vater — *(erstaunt)*
Eine Geige? Wie kommst du denn auf diese Idee?

Eva — Ach, Papa, eine Geige ist doch ein ganz, ganz tolles Instrument. Das möchte ich unbedingt haben.

Vater — Tja, Eva, das muß ich mir aber noch sehr überlegen, und außerdem muß ich erst Mama fragen, was sie dazu meint.

Eva — O ja, bitte Papa, mach das.

Vater — Ja, ich besprech' das heute abend mit ihr.

Jens — Also, das sag' ich dir, Papa; wenn Eva eine Geige bekommt, dann will ich aber ein Fahrrad haben.

Vater — Wie bitte? Ich glaub', ich hör' wohl nicht recht! Was willst du haben? Ein Fahrrad?

Jens — Ja! Ein Fahrrad.

Vater — Und was hat das mit Evas Geige zu tun?

Jens — Na, damit kann ich immer ganz schnell abhauen, wenn Eva anfängt, auf der Geige zu üben.

**– Vorhang –**

# Braver Junge

**Personen:** Mutter
Peter

**Spielanleitung:** *Auf der Bühne stehen zwei Stühle und ein Tisch, an dem die Mutter sitzt und in einer Illustrierten blättert.*

Mutter *(steht auf und geht auf eine Seite der Bühne)*
Ich muß doch mal sehen, wo Peter bleibt. Eigentlich sollte er jetzt nach Hause kommen. Er kann überhaupt von Glück reden, daß er heute raus durfte, so wie er sich gestern auf dem Spielplatz aufgeführt hat.
*(Sie ist an der Seite der Bühne angelangt und tut so, als würde sie ein Fenster öffnen. Dann beugt sie sich etwas vor, schaut hinaus, schließt das Fenster wieder und geht zurück zum Tisch.)*
Das ist ja toll, was ich da gesehen habe. Scheinbar will Peter sich wirklich bessern.

Peter *(kommt auf die Bühne)*
Hallo, Mami!

Mutter Hallo, Peter, du bist ja tatsächlich pünktlich. Darüber freue ich mich aber.

Peter *(stolz)*
Ehrensache.

Mutter Und bessern willst du dich anscheinend auch.

Peter Na klar!

Mutter Weißt du, ich finde es prima, daß du dich mit dem neuen Nachbarsjungen so gut verstehst. Ich hab' nämlich vorhin zufällig gesehen, wie du ihm zum Abschied ein paar Bonbons zugesteckt hast.

Peter *(verlegen)*
Aber, Mami, das waren keine Bonbons.

Mutter — Was denn, Kaugummi?

Peter — Nein.

Mutter — Also, was war's?

Peter — Ach, Mama, das waren doch seine Vorderzähne!

**– Vorhang –**

# *Mit bestem Dank zurück*

**Personen:** Jörn
Mark

**Spielanleitung:** *Auf der Bühne stehen zwei Stühle und ein Tisch, an dem Jörn sitzt und Hausaufgaben macht.*

*Es klingelt.*

Jörn — *(steht auf und geht auf die Seite der Bühne, von der das Klingeln kam)*
Hallo, Mark, schön, daß du kommst.

Mark — *(trägt eine Tasche, in der sich eine Schallplatte befindet)*
Na, Jörn, was machst du denn gerade?

Jörn — Diese blöden Hausaufgaben für Physik.

Mark — Die Physikaufgaben! Ach du liebe Zeit, die hab' ich ja auch noch nicht gemacht. Sind die schwierig?

Jörn — *(geht zum Tisch und liest aus dem Physikbuch vor)*
Hier zum Beispiel die dritte Frage: Was geschieht, wenn Licht ins Wasser fällt?

Mark — Na, das ist doch ganz einfach. Wenn Licht ins Wasser fällt, dann geht es aus.

Jörn — Ha, ha, ha. So eine blöde Antwort hätte ich auch gewußt.

Mark — *(holt die Schallplatte aus der Tasche)*
Hier, ich wollte dir endlich die Platte zurückbringen, die du mir geliehen hattest.

Jörn — *(nimmt die Schallplatte)*
Das ist ja toll. Da kann ich sie endlich auch mal wieder hören. Hat sie dir gefallen?

Mark — Und wie, die Scheibe ist einfach super, Spitzenklasse!

Jörn *(nimmt die Platte aus der Hülle, wirft einen Blick darauf und schaut Mark ganz entsetzt an)*
Was ist das denn?

Mark Was?

Jörn Da sind ja lauter dicke Kratzer drauf!

Mark Aber das sind doch keine Kratzer! Ich hab' bloß mit einem Nagel die schönsten Stellen angekreuzt.

**– Vorhang –**

# Die Belohnung

**Personen:** Mutter
Sohn

**Spielanleitung:** *Auf der Bühne stehen zwei oder drei Stühle und ein Tisch, auf den die Mutter gerade Teller für das Mittagessen stellt.*

Sohn — *(kommt auf die Bühne; auf dem Rücken trägt er seinen Schulranzen)*
Hallo, Mama!

Mutter — Hallo, Sven.

Sohn — *(stellt den Ranzen in die Ecke)*
Was gibt es zu essen?

Mutter — Nudeln mit Tomatensoße.

Sohn — Hm, lecker!

Mutter — Wie war es denn in der Schule?

Sohn — *(setzt sich an den Tisch)*
Ach, ganz gut.

Mutter — Habt ihr eure Mathearbeit eigentlich immer noch nicht wiederbekommen?

Sohn — *(schlägt sich mit der Hand an die Stirn)*
Ach ja, natürlich, wie konnte ich das nur vergessen.

Mutter — Und?

Sohn — *(stolz)*
Ich habe eine Eins geschrieben.

Mutter — Wirklich?

Sohn — Ja! Und erinnerst du dich an dein Versprechen, daß ich mir etwas wünschen darf, wenn ich eine gute Mathearbeit schreibe?

Mutter — Aber natürlich weiß ich das noch. Was wünschst du dir denn nun?

Sohn — Einen Bernhardiner.

Mutter — *(verwundert)*
Was wünschst du dir?

Sohn — Einen Bernhardiner. Das ist so'n großer Hund, der auch in den Bergen zur Rettung von Menschen eingesetzt wird.

Mutter — Ja, sicher kenne ich einen Bernhardiner, aber überleg doch mal: so ein großer Hund hier bei uns in der Wohnung. Das geht nicht. Hast du denn keinen kleineren Wunsch?

Sohn — *(überlegt einen Moment)*
Na gut, dann möchte ich einen Tag lang Papa spielen.

Mutter — Das ist eine gute Idee, damit bin ich einverstanden.

Sohn — Ich komm' gleich wieder.
*(Er verläßt die Bühne.)*

Mutter — *(deckt den Tisch weiter)*

Sohn — *(kommt wieder; er trägt jetzt einen Anzug und Schuhe, die ihm zu groß sind)*
Helga, ich bin da.

Mutter — *(ironisch)*
Hallo, Gerd, mein lieber Mann. Das ist aber schön, daß du so früh kommst.

Sohn — *(befehlend)*
Los, Helga, jetzt trödel nicht lange rum. Wir fahren nämlich in die Stadt und kaufen Sven einen Bernhardiner.

**– Vorhang –**

# Gehorchen

| | |
|---|---|
| **Personen:** | Mutter<br>Oma<br>Tochter |
| **Spielanleitung:** | *Auf der Bühne stehen drei Stühle und ein Tisch, auf dem die Mutter bügelt. Die Oma sitzt auf einem Stuhl und strickt.* |
| Tochter | *(kommt auf die Bühne; unter dem Arm trägt sie ein Brettspiel)*<br>Mama, spielst du mit mir . . . *(Name des Spieles)*? |
| Mutter | Anja, im Moment geht das wirklich nicht. Du siehst doch genau, daß ich bügeln muß. Papa will schließlich morgen ein frisch gebügeltes Oberhemd anziehen. |
| Tochter | *(geht zur Oma)*<br>Omilein, spielst du mit mir? |
| Oma | Anja, nachher, wenn ich dieses Knäuel Wolle zu Ende gestrickt habe. Der Pullover muß nämlich schnell fertig werden; Opa hat doch nächste Woche Geburtstag.<br>*(Sie hält ein ziemlich dickes Wollknäuel hoch.)* |
| Tochter | *(mault)*<br>Ach, keiner spielt mit mir. |
| Mutter | Ja, dann lies doch ein bißchen Anja. |
| Tochter | Ach, immer dieses blöde Lesen. Dazu hab' ich jetzt überhaupt keine Lust. |
| Mutter | Dann spiel doch mit deinen Puppen. |
| Tochter | Pöh, Puppen, ich bin doch kein Baby mehr.<br>*(kurze Pause)*<br>Darf ich draußen spielen? |

Mutter — Nein, dazu ist es schon viel zu spät, heute gehst du nicht mehr raus.

Tochter — Bitte, bitte, Mamilein!

Mutter — Ich hab' gerade nein gesagt!

Oma — Laß sie doch noch ein bißchen rausgehen.

Mutter — Wenn ich einmal nein gesagt habe, dann bleibt es dabei. Sie muß schließlich lernen, ihrer Mutter zu gehorchen.

Tochter — Und warum gehorchst du deiner Mutter nicht, Mama?

**– Vorhang –**

# Der Lügendetektor

**Personen:** Vater
Sohn
Lügendetektor

**Spielanleitung:** *Auf der Bühne stehen zwei Stühle und ein Tisch, an dem der Vater sitzt und eine Zeitschrift liest. In der rechten Bühnenecke befindet sich der Lügendetektor.*

Sohn — *(kommt auf die Bühne, wirft seine Schultasche in die Ecke und setzt sich auf den zweiten Stuhl)*
Puhh, war das vielleicht wieder ein Streß in der Schule!

Vater — Gehst du eigentlich immer so mit deiner Tasche um?

Sohn — Nee, eigentlich nicht.

Vater — Dann heb sie sofort auf und stell sie anständig hin.

Sohn — *(hebt seine Tasche umständlich auf, stellt sie an ein Tischbein und setzt sich laut stöhnend wieder hin)*

Vater — Jetzt tu du mal bloß nicht so, als wäre es heute in der Schule so anstrengend gewesen. Du hast doch bestimmt wieder nichts getan?

Sohn — *(empört)*
Und ob! Ich habe wie wild gearbeitet.

Lügendetektor — *(wackelt unter der Decke hin und her)*

Vater — Hast du das gesehen?

Sohn — Was?

Vater — *(zeigt auf den Lügendetektor)*
Was der gemacht hat.

Sohn — Was ist das denn?

Vater — Das ist ein Lügendetektor.

Sohn — Ein was?

Vater — Ein Lü-gen-de-tek-tor. Paß mal auf, ich führ' dir vor, wie er funktioniert. Hast du heute Hausaufgaben auf?

Sohn — Nein.

Lügendetektor — *(wackelt unter der Decke)*

Sohn — Was soll das denn?

Vater — Warte ab, das wirst du gleich merken. Wie alt bist du?

Sohn — Aber das weißt du doch.

Vater — Natürlich weiß ich das. Trotzdem sollst du mir gefälligst antworten. Also, wie alt bist du?

Sohn — Zehn Jahre.

Vater — *(schaut wieder zum Lügendetektor; der bleibt regungslos)*
Na, kapierst du's jetzt?

Sohn — Was?

Vater — Wie sich der Lügendetektor bei deinen Antworten verhalten hat.

Sohn — Ja. Beim ersten Mal hat er gewackelt und beim zweiten nicht.

Vater — Richtig! Und wann hat er gewackelt? Als du gelogen hast. Du hast nämlich doch Hausaufgaben auf, stimmt's?

Sohn — Ja!

Vater — *(schaut zum Lügendetektor, der ganz still steht)*
Siehst du, jetzt hat er sich nicht bewegt. So bekomme ich also jede deiner Lügen sofort heraus. Und nun geh sofort in dein Zimmer, und mach deine Hausaufgaben.

| | |
|---|---|
| Sohn | *(steht auf, nimmt seine Tasche und will gehen)* |
| Vater | Halt, hast du eigentlich heute dein Diktat wiederbekommen? |
| Sohn | Nein. |
| Lügendetektor | *(wackelt unter der Decke)* |
| Vater | Lüg nicht! Was hast du geschrieben? |
| Sohn | Eine Eins. |
| Lügendetektor | *(wackelt unter der Decke)* |
| Vater | Was?! |
| Sohn | Eine Zwei. |
| Lügendetektor | *(wackelt unter der Decke)* |
| Vater | *(lauter)*<br>Was hast du geschrieben? |
| Sohn | Eine Drei. |
| Lügendetektor | *(wackelt unter der Decke)* |
| Vater | *(springt von seinem Stuhl auf und schreit)*<br>Das ist ja wohl die Höhe! Der eigene Sohn belügt seinen Vater. So etwas habe ich früher nie getan. Und jede Klassenarbeit, die ich geschrieben habe, war eine Eins! |
| Lügendetektor | *(wackelt ganz heftig und fällt um)* |

**– Vorhang –**

*Schnelle Hilfe*

# Schule:

# Dieter, aufstehen!

# *Als einziger*

**Personen:** Mutter
Jan

**Spielanleitung:** *Zwei Stühle und ein Tisch, den die Mutter gerade deckt.*

Jan — *(kommt auf die Bühne und wirft den Schulranzen in die Ecke)* Hallo, Mama.

Mutter — Hallo, Jan.

Jan — Mann, hab' ich einen Hunger! Was gibt es zu essen?

Mutter — Falschen Hasen.

Jan — Was, schon wieder? Wir hatten doch diese Woche schon dreimal falschen Hasen. Haben die Biester denn nie Schonzeit?

Mutter — Nun mecker nicht. Wasch dir die Hände, und komm zum Essen.

Jan — *(verläßt kurz die Bühne und kommt bald darauf zurück)*

Mutter — Na, wie war es denn in der Schule?

Jan — Mami, es ist was ganz Besonderes passiert.

Mutter — So, was denn?

Jan — Ich habe mich heute als einziger aus der ganzen Klasse gemeldet.

Mutter — Das ist ja toll.

Jan — Nicht, das findest du auch. Du kannst richtig stolz auf mich sein.

Mutter — Ja, bin ich. – Auf welche Frage hast du dich gemeldet?

Jan — Wer hat im Sekretariat die Scheibe eingeschlagen?

**– Vorhang –**

# Die Prüfung

**Personen:** Prüfer
Kandidat

**Spielanleitung:** *Auf der Bühne stehen zwei Stühle und ein Tisch, an dessen rechter Seite der Prüfer sitzt. Der Stuhl gegenüber ist noch frei.*

Prüfer — Der Nächste bitte!

Kandidat — *(betritt zögernd die Bühne)*

Prüfer — Na, junger Mann, nur keine Angst. Treten Sie näher, und nennen Sie mir Ihren Namen.

Kandidat — Mike Neumann.

Prüfer — Herr Neumann, dann nehmen Sie mal Platz.

Kandidat — *(setzt sich)*

Prüfer — Sie haben sich also entschlossen, Polizeibeamter zu werden. Das ist eine sehr vernünftige Entscheidung: Nun wollen wir doch mal sehen, ob Sie auch für diesen Beruf geeignet sind.
So, dann fangen wir jetzt an. Wie Sie wissen, werden Sie zuerst als Streifenpolizist eingesetzt werden. Dazu nun die erste Frage: Was tun Sie, wenn Sie einen Dieb im Rhabarberfeld sehen?

Kandidat — Ich scheuche ihn ganz schnell in ein Salatbeet.

Prüfer — *(erstaunt)* Wieso das?

Kandidat — Wegen des Berichts, den ich später schreiben muß.

Prüfer — Das ist doch kein Grund, den Dieb in ein Salatbeet zu scheuchen!

Kandidat — Doch, weil ich Rhabarber nicht schreiben kann.

**– Vorhang –**

# Zu spät

**Personen:**

Lehrer
Swenja
Uwe
einige Schüler

**Spielanleitung:**

*Auf der Bühne ist eine kleine Schulklasse aufgebaut. Die Schüler sitzen an ihren Tischen und reden miteinander. Ein Platz ist nicht besetzt. Der Lehrer betritt die Bühne.*

Lehrer: Guten Morgen.

Schüler: Guten Morgen.

Lehrer: So, dann wollen wir den Tag mal mit einer fröhlichen Kopfrechenstunde beginnen. Uwe, paß auf, ich schenke dir heute zwei Kaninchen und morgen drei. Wie viele hast du dann?

Uwe: Sechs.

Lehrer: Aber, Uwe, das stimmt doch nicht. Du hast dann fünf Kaninchen.

Uwe: Nein, sechs.

Lehrer: *(verständnislos)*
Wieso?

Uwe: Na, weil ich doch schon ein Kaninchen besitze.

Swenja: *(kommt auf die Bühne)*
Guten Morgen.

Lehrer: Nanu, was ist das denn, Swenja, du bist ja schon wieder zu spät. Hattest du auch heute morgen eine Reifenpanne am Fahrrad?

Swenja: Nein.

Lehrer — Dann erzähl mir doch mal bitte, warum du heute nicht pünktlich warst.

Swenja — Weil ich mit dem Rad gekommen bin.

Lehrer — *(verwirrt)*
Wie bitte?

Swenja — Weil ich mit dem Fahrrad gekommen bin.

Lehrer — Aber das ist doch kein Grund. Eher im Gegenteil, damit ist man doch viel schneller.

Swenja — Ja schon, aber da steht doch an der Ecke Erikastraße das Schild: »Achtung Schule! Bitte langsam fahren.«

**– Vorhang –**

# Die Retourkutsche

**Personen:** Professor
Prüfling

**Spielanleitung:** *Hinter einem Tisch, auf dem einige Akten liegen, sitzt der Professor. Seitlich steht auf einem Stuhl oder einem kleinen Tisch ein Vogelkäfig. Der Käfig ist mit einem Tuch abgedeckt, so daß nur zwei Vogelbeine sichtbar sind.*

Professor — Der nächste Kandidat zur Biologieprüfung bitte!

Prüfling — *(betritt zögernd und mit schlotternden Knien die Bühne)*

Professor — Ach, da sind Sie ja schon. Sie wollen also bei mir Ihr Biologieexamen ablegen.

Prüfling — Ja.

Professor — Haben Sie sich denn auch gründlich vorbereitet, um meine Fragen beantworten zu können? Na, dann nur Mut, junger Mann, Sie werden das schon schaffen.

Prüfling — Ich nehme doch an, Herr Professor, daß meine Vorbereitungen ausreichend waren.

Professor — Na ja, das werden wir ja jetzt gleich feststellen.
*(Er zeigt auf den Käfig.)*
Sehen Sie, daß dort ein Tier im Käfig ist?

Prüfling — Ja.

Professor — Dann sagen Sie mir doch bitte, worum es sich dabei handelt.

Prüfling — Um einen Vogel.

Professor — Wunderbar. Können Sie mir denn auch sagen, zu welcher Art der Vogel gehört?

Prüfling — *(geht auf den Käfig zu)*
Darf ich das Tuch abnehmen?

Professor — *(donnert los)*
Lassen Sie ja das Tuch an seinem Platz!

Prüfling — *(zuckt zusammen)*

Professor — Sie sehen doch schließlich die Läufe des Vogels. Das sollte Ihnen völlig genügen, um seinen Namen zu wissen!

Prüfling — *(schaut sich mit verzweifelter Miene die Vogelbeine an. Versucht, indem er sich bückt, unter das Tuch zu schauen. Schließlich sagt er resignierend)*
Ich weiß es nicht.

Professor — So, so, Sie wissen es also nicht.

Prüfling — Nein, aber wenn ich das Tuch abnehmen . . .

Professor — *(schreit)*
Das Tuch bleibt da, wo es ist!!!

Prüfling — *(zuckt erneut zusammen)*

Professor — Ja, Herr Kandidat, dann können wir ja wohl auf die weitere Prüfung verzichten. Wer einen Vogel nicht an seinen Läufen erkennen kann, der ist es nicht wert, in den Stand eines Diplombiologen erhoben zu werden. Nennen Sie mir bitte Ihren Namen, und rufen Sie dann den nächsten Kandidaten herein.

Prüfling — *(stutzt einen Moment, grinst dann über das ganze Gesicht. Er bückt sich, zieht Schuhe und Strümpfe aus und krempelt die Hosenbeine hoch.)*
Herr Professor, sehen Sie sich meine Beine genau an. Das sollte Ihnen völlig genügen, um meinen Namen zu wissen!

**– Vorhang –**

# Aufstehen

**Personen:** Mutter
Sohn

**Spielanleitung:** *Auf der Bühne steht ein Bett. Darin liegt der Sohn bis zur Nasenspitze zugedeckt. Das Publikum darf nur seine Haare sehen.*

Mutter — *(kommt auf die Bühne)*
Dieter, sieben Uhr! Du mußt aufstehen.

Sohn — *(knurrt)*

Mutter — Dieter, aufstehen.

Sohn — Ich mag aber nicht.

Mutter — Nun stell dich nicht so an. Es ist höchste Zeit; du mußt jetzt aufstehen. Also los, beeil dich!

Sohn — Nein, ich will nicht.

Mutter — Komm, Dieter, laß dich doch nicht jeden Morgen so lange bitten. Du mußt jetzt zur Schule gehen.

Sohn — Ich will aber nicht zur Schule gehen.

Mutter — Ob du nun willst oder nicht, es geht nicht anders. Und das weißt du ganz genau. Du mußt in die Schule! Also steh jetzt endlich auf!

Sohn — *(jammert)*
Aber ich will nicht. Keiner kann mich leiden!

Mutter — Das stimmt doch gar nicht, Dieter, ich hab' dich ganz lieb!
*(geht ans Bett und streichelt den Kopf des Sohnes)*
Nun steh auf, Dieter.

Sohn — Ja, du hast mich lieb.
*(jammert wieder)*
Aber in der Schule kann mich keiner ausstehen. Die Lehrer nicht und die Kinder auch nicht.

Mutter — Dieter, nun stell dich doch nicht jeden Morgen so an.

Sohn — Ach, Mama, der Busfahrer haßt mich, und der Hausmeister macht mir täglich die Hölle heiß. Nein, ich geh' nicht in die Schule.

Mutter — Doch, das mußt du. Du bist gesund! – Und außerdem bist du 40 Jahre alt und der Direktor der Schule. Also los, raus aus den Federn.

**– Vorhang –**

# Die Klassenarbeit

**Personen:** Lehrer
Vater

**Spielanleitung:** *Auf der Bühne stehen zwei Stühle und ein Tisch, an dem der Lehrer sitzt und Hefte korrigiert.*
*Es klingelt.*

Lehrer — *(schaut auf)*
Nanu, wer kann das sein?
*(Er geht auf die Seite der Bühne von der das Klingeln kam.)*

Vater — Guten Tag. Sind Sie Herr Wagner?

Lehrer — Ja. Und mit wem habe ich das Vergnügen?

Vater — *(laut)*
Vergnügen!? Das wird Ihnen gleich vergehen. Unterrichten Sie in der 7b?

Lehrer — Ja. Aber Sie haben mir immer noch nicht gesagt, wer Sie sind.

Vater — Müller ist mein Name. Der Vater von Tim Müller aus der 7b.

Lehrer — Ach, der Vater vom Tim. Nehmen Sie doch bitte Platz, Herr Müller.

*(Die beiden setzen sich.)*

Vater — *(holt ein Heft aus der Tasche und hält es dem Lehrer unter die Nase)*
Haben Sie diese Arbeit korrigiert?

Lehrer — *(schaut sich das Heft an)*
Ja. Das habe ich.

Vater — *(zornig)*
Aha! Und wieso behaupten Sie, Tim hätte bei dieser Arbeit abgeschrieben?

Lehrer — Weil das nun mal so ist. Ihr Sohn hat eindeutig abgeschrieben.

Vater — Aber dafür fehlt Ihnen doch jeglicher Beweis!

Lehrer — Das meinen Sie!

Vater — Ja, das meine ich, und darum verlange ich, daß Sie auf der Stelle die Zensur meines Sohnes ändern.

Lehrer — Ich will Ihnen mal was sagen, Tim saß während dieser Arbeit neben der besten Schülerin der Klasse.

Vater — Na und, das ist doch kein Beweis dafür, daß er abgeschrieben hat!

Lehrer — Doch, denn Tim hat die ersten vier Fragen genauso beantwortet wie seine Nachbarin.

Vater — Das ist aber immer noch kein Beweis. Er hat eben gut gelernt. Also ändern Sie gefälligst auf der Stelle die Zensur.
*(Er fuchtelt dem Lehrer mit dem Heft vor der Nase rum.)*

Lehrer — Mag ja sein, daß Ihr Sohn gelernt hat...

Vater — *(triumphierend)*
Na also,
*(nimmt einen Stift vom Tisch des Lehrers und hält ihn ihm hin)*
dann schreiben Sie jetzt eine andere Note unter die Arbeit.

Lehrer — Jetzt lassen Sie mich doch endlich ausreden.

Vater — *(von oben herab immer noch mit dem Stift winkend)*
Bitte, dann reden Sie aus.

Lehrer — Jetzt kommt nämlich der Beweis. Bei der fünften Frage antwortete die Nachbarin Ihres Sohnes: »Weiß ich nicht.« Und er schrieb: »Ich auch nicht.«

**– Vorhang –**

*Erwischt*

# Auf der Straße:

# Ich verteile Rollen

# *Erwisch*t

**Personen:** Polizist
Junge
Mädchen

**Spielanleitung:** *Auf der Bühne stehen ein Baum und ein Verkehrsschild, die andeuten, daß die Szene draußen spielt. Der Polizist kommt von rechts auf die Bühne, der Junge von links. Er fährt auf einem Fahrrad, an dem all die Teile fehlen, die in der Szene erwähnt werden.*

Polizist — Halt, bleib stehen.

Junge — *(dreht sich nach allen Seiten um)*
Meinen Sie mich?

Polizist — Natürlich. Steig bitte von deinem Fahrrad ab.

Junge — *(steigt ab)*
Ja, und?

Polizist — Das will ich mir doch mal genauer ansehen.
*(Er geht um das Fahrrad herum und schüttelt immer wieder den Kopf.)*

Junge — Was ist denn?

Polizist — *(holt einen Block und einen Stift aus der Tasche)*
Au, au, mein Junge, das wird teuer.

Junge — Wieso? Was wird teuer?

Polizist — Na, dein Fahrrad ist doch überhaupt nicht verkehrssicher.

Junge — Nicht verkehrssicher? Wieso denn nicht?

Polizist — Na, hier vorn fehlt zum Beispiel der Frontreflektor, das kostet fünf Mark Strafe. Fahren ohne Rückstrahler, das macht weitere fünf Mark. Und dann guck dir das mal hier an.
*(Er zeigt auf die Handbremse am Vorderrad.)*
Die Bremsgummis sind ja ganz abgefahren – das macht zehn Mark wegen Verkehrsgefährdung.

Junge — Aber mein Rücktritt ist doch vollkommen in Ordnung, wofür brauche ich da eine Handbremse?

Polizist — Junge, du solltest eigentlich wissen, daß eine Handbremse Vorschrift ist.

Junge — *(kleinlaut)*
Ja, ja, sicher weiß ich das. Aber weil ich letzte Woche zu stark mit der Vorderbremse gebremst hab', bin ich über den Lenker geflogen. Darum hab' ich extra alte Bremsgummis eingesetzt.

Polizist — Das ist zwar eine schöne Ausrede, aber um die Strafe kommst du trotzdem nicht rum. Außerdem hat dein Rad keine Klingel. Auch das kostet fünf Mark. Und dann fehlen die Reflektoren in den Speichen; das macht nochmals fünf Mark. Das gibt dann zusammen eine Strafe von 30 Mark.

Mädchen — *(kommt von rechts auf die Bühne)*

Junge — *(sieht das Mädchen und fängt ganz laut zu lachen an)*

Polizist — *(verdattert)*
Was hast du denn? Freust du dich so, daß du 30 Mark zahlen mußt?

Junge — *(versucht sich zu beruhigen und sagt von Lachen unterbrochen)*
Nein, aber gucken Sie doch mal da,
*(Er deutet auf das Mädchen.)*
mit dem Mädchen machen Sie das Geschäft Ihres Lebens. Bei der fehlt ja alles, sogar das Fahrrad!

**– Vorhang –**

# Schnelle Hilfe

**Personen:**

1. Junge
2. Junge
Tankwart

**Spielanleitung:**

*Auf der Bühne befindet sich eine Zapfsäule, an der der Tankwart steht und das Schauglas putzt. Dann stürmen zwei Jungen auf die Bühne. Einer trägt einen großen Eimer.*

1. Junge — Schnell, schnell, geben Sie uns fünf Liter Benzin!

2. Junge — *(hält dem Tankwart den Eimer hin)*
Hier, bitte beeilen Sie sich. Es ist dringend.

Tankwart — So dringend kann's ja wohl nicht sein. Gib mir mal den Eimer.

2. Junge — Hier, bitte!

Tankwart — *(füllt den Eimer an der Zapfsäule und gibt ihn den Jungen)*
So, Jungs, das kostet sechs Mark. Aber verschüttet nichts.

1. Junge — Danke!

*(Beide Jungen verlassen im Laufschritt die Bühne.)*
*(Der Tankwart putzt weiter das Schauglas.)*
*(Die Jungen kommen wieder mit dem Eimer zurückgerannt.)*

2. Junge — Schnell, die fünf Liter haben nicht gereicht. Wir brauchen mehr!
*(Er reicht dem Tankwart den Eimer.)*

Tankwart — Wa-Wa-was, das hat nicht gereicht? So schnell wie ihr wieder zurück seid . . ., da muß das Benzin doch bis hierher gereicht haben. Das verstehe ich nicht, wozu braucht ihr denn soviel Benzin?

1. Junge — Reden Sie nicht so lange! Schnell, schnell, beeilen Sie sich doch, unsere Schule brennt!

**– Vorhang –**

# *Beim Theater*

**Personen:** 1. Frau
2. Frau

**Spielanleitung:** *Für diesen Sketch benötigt ihr keinen besonderen Bühnenaufbau. Es kann gespielt werden, während im Hintergrund die Bühne für den nächsten Auftritt vorbereitet wird.*
*Jede der beiden Frauen kommt von einer anderen Seite auf die Bühne. In der Mitte treffen sie sich, erkennen sich, und sie begrüßen sich mit großem »Hallo«.*

1. Frau: Simone! Das darf doch nicht wahr sein. Wie lange haben wir uns jetzt nicht mehr gesehen?! Fast hätte ich dich nicht wieder erkannt.

2. Frau: Genauso ging es mir auch, Irene. Ich hab' dich auch nur an deinem Kleid erkannt. Ja, da kann man mal sehen, wie die Zeit vergeht.

1. Frau: Wie geht's dir, was machst du?

2. Frau: Mir geht es blendend. Und dir, was machst du denn beruflich?

1. Frau: Ach, ich bin doch schon lange am Theater.

2. Frau: *(erstaunt)*
Am Theater? Aber, das wußte ich ja gar nicht. Mensch, Irene, das finde ich prima. Was machst du denn da?

1. Frau: Ich verteile Rollen.

2. Frau: *(noch verwunderter)*
Du verteilst Rollen? Ja ist das denn nicht unheimlich schwer?

1. Frau: Nein, eigentlich gar nicht. Ich verteile sie gleichmäßig auf alle Toiletten.

**– Vorhang –**

*Wetten doch*

# *Im Geschäft:*

# *5000 Nägel*

# *Namenstag*

**Personen:** Verkäuferin
Mädchen

**Spielanleitung:** *Auf der Bühne ist eine Verkaufstheke aufgebaut, auf der eine Anzahl Hüte liegen. Sie werden von einer Verkäuferin geordnet, die hinter der Theke steht.*

Mädchen: *(kommt auf die Bühne)*
Guten Tag.

Verkäuferin: Guten Tag, junge Dame. Was kann ich für dich tun?

Mädchen: Ich möchte meine Tante zum Namenstag überraschen.

Verkäuferin: Das ist aber lieb von dir. Kennst du denn die Hutgröße deiner Tante.

Mädchen: Nein.

Verkäuferin: *(überlegt)*
Hhm, das ist aber schlecht, die solltest du eigentlich wissen.

Mädchen: Das brauch' ich nicht.

Verkäuferin: Na, wenn du meinst. – Zur Not kann deine Tante den Hut ja umtauschen.
*(nimmt einen Hut von der Verkaufstheke)*
Wie gefällt dir dieser denn?

Mädchen: Ach ja, ganz gut.

Verkäuferin: Möchtest du ihn haben?

Mädchen: Nein. Ich sagte doch, ich möchte meine Tante zum Namenstag überraschen.

Verkäuferin: Ja, das hab' ich schon verstanden. Also was hast du dir denn dann vorgestellt?

Mädchen Könnten Sie wohl den roten Hut aus dem Schaufenster nehmen?

Verkäuferin Aber sicher. Da wird deine Tante bestimmt überrascht sein.

Mädchen Das glaub' ich auch. Sie sagt nämlich, daß ihr immer schlecht wird, wenn sie an Ihrem Geschäft vorbeikommt und dieses scheußliche Ding im Schaufenster sieht.

**– Vorhang –**

# Wetten doch

**Personen:** Verkäufer
Chef
Kunde

**Spielanleitung:** *Auf der Bühne ist eine Verkaufstheke aufgebaut, auf der einige Schuhkartons stehen. Der Kunde steht vor der Theke und bezahlt gerade. Der Verkäufer nimmt das Geld entgegen.*

Kunde — *(nimmt den Karton unter den Arm)*
Auf Wiedersehen!

Verkäufer — Wiedersehen, bis morgen dann, der Herr.

Kunde — Ja, bis morgen.
*(Er verläßt die Bühne.)*

Chef — *(kommt zur Verkaufstheke)*

Verkäufer — Hallo, Chef.

Chef — Hat der Kunde eben etwas gekauft?

Verkäufer — Ja, die teuersten Schuhe, die wir auf Lager hatten.

Chef — Und hat er bar bezahlt?

Verkäufer — Nein.

Chef — *(entsetzt)*
Was, das teuerste Paar Schuhe und dann nicht bar bezahlt?

Verkäufer — Nun regen Sie sich doch nicht gleich auf. Er hat ja 50 Mark angezahlt.

Chef — *(empört)*
50 Mark und dafür haben Sie ihm die Schuhe mitgegeben?!

Verkäufer — Aber er will doch morgen wiederkommen und den Rest bezahlen.

Chef — Und das glauben Sie? Ja, wie einfältig sind Sie eigentlich? Der kommt doch nicht wieder. Der freut sich, so billig an die Schuhe herangekommen zu sein. Den sehen wir nie wieder.

Verkäufer — Wetten doch! – Ich hab' ihm nämlich zwei linke Schuhe in den Karton gepackt.

**– Vorhang –**

# Dringend

**Personen:** Verkäufer
Peter
einige Kunden

**Spielanleitung:** *Auf der Bühne ist eine Verkaufstheke aufgebaut, auf der verschiedene Waren liegen. Der Verkäufer steht hinter der Theke, einige Kunden warten davor.*

Verkäufer — *(wendet sich an den ersten Kunden)*
Was darf es denn sein, der Herr?

Kunde — Geben Sie mir bitte 5 000 Nägel.

Verkäufer — *(verwirrt)*
Wie bitte?

Kunde — Sie sollen mir bitte 5 000 Nägel verkaufen.

Verkäufer — Aber, mein Herr, was wollen Sie denn mit 5 000 Nägeln?

Kunde — Ich bin Fakir. Meine Frau will mein Bett neu beziehen.

Peter — *(kommt auf die Bühne gestürmt und schlängelt sich an allen Kunden vorbei, bis er direkt an der Verkaufstheke steht)*

*(Einige Kunden murren unwillig.)*

Verkäufer — Was soll das denn, mein Junge? Kannst du dich nicht anstellen, wie alle anderen Kunden auch?

Peter — Können Sie mich nicht bitte zuerst bedienen?

Verkäufer — Aber da könnte ja jeder kommen.

Peter — *(bettelnd)*
Es ist aber wirklich ganz dringend. Mein Vater sitzt zu Hause und wartet.

Verkäufer Versteh' ich nicht – Nun gut, was soll's denn sein?

Peter Eine Rolle Toilettenpapier.

**– Vorhang –**

# Die Keksdose

**Personen:** Junge
Verkäuferin

**Spielanleitung:** *Auf der Bühne ist eine Verkaufstheke aufgebaut, auf der mehrere Dosen stehen. Die Verkäuferin steht hinter der Theke. Der Junge kommt auf die Bühne.*

Verkäuferin — Guten Tag, junger Mann.

Junge — Guten Tag.

Verkäuferin — Na, womit kann ich dir helfen?

Junge — Ich möchte ein Geschenk für meine Mutter kaufen.

Verkäuferin — Hat sie bald Geburtstag?

Junge — Nein. Das ist ein Geschenk ganz außer der Reihe.

Verkäuferin — Na, da wird sich deine Mutter aber freuen. Hast du einen bestimmten Wunsch?

Junge — Ja, ich möchte eine hübsche Keksdose.

Verkäuferin — Eine Keksdose. Das ist eine gute Idee.
*(zeigt auf die Dosen, die auf der Verkaufstheke stehen)*
Da schau mal, was für eine große Auswahl an Dosen wir haben. Da wirst du bestimmt eine passende für deine Mutter finden.

Junge — *(greift nach einer Dose)*
Darf ich sie öffnen?

Verkäuferin — Aber natürlich, schau dir die Dosen nur genau an.

Junge — *(öffnet eine Dose nach der anderen und schließt sie wieder ganz sorgfältig)*

Verkäuferin *(schaut ihm eine Weile geduldig zu)*
Na, gefällt dir denn gar keine von den Dosen?

Junge Doch, doch. Aber ich wollte eine haben, bei der der Deckel geräuschlos auf- und zugeht, damit meine Mutter nicht hört, wenn ich nasche.

**– Vorhang –**

# Das Geschenk

**Personen:** Verkäuferin
Kundin

**Spielanleitung:** *Auf der Bühne ist ein Verkaufstresen aufgebaut, auf dem verschiedene Gegenstände liegen. Die Verkäuferin steht hinter dem Tresen. Eine Kundin betritt den Laden.*

Verkäuferin — Guten Tag, meine Dame, womit kann ich Ihnen dienen?

Kundin — Guten Tag, ja, ich weiß noch nicht so recht.

Verkäuferin — Das ist überhaupt kein Problem, dazu bin ich ja da, ich werde Sie schon beraten.

Kundin — Das ist furchtbar nett von Ihnen.

Verkäuferin — Aber keine Ursache, dafür werde ich ja bezahlt.

Kundin — *(verwirrt)*
Ach so, Sie machen das nur für Geld. Also wenn Ihnen das lästig ist, dann geh' ich wieder.

Verkäuferin — *(eifrig)*
Nein, nein verstehen Sie mich nicht falsch, ich berate Sie wirklich gern. Also, wo liegt Ihr Problem?

Kundin — Problem? Probleme habe ich nicht, ich möchte nur etwas kaufen.

Verkäuferin — Na, sehen Sie, da sind wir ja schon mal einen ganzen Schritt weiter gekommen. Sie möchten also etwas kaufen. Und was?

Kundin — Ja, das ist mein Problem!

Verkäuferin — Also doch ein Problem. Aber das werden wir ganz schnell lösen. Ist es für Sie persönlich, oder soll es ein Geschenk sein?

Kundin — *(strahlt)*
Ein Geschenk, Sie haben es erfaßt.

Verkäuferin Und für wen?

Kundin Ja, wissen Sie, es soll für einen jungen Mann sein.

Verkäuferin Ahh, für einen jungen Mann. – Na, da wird uns doch sicherlich etwas einfallen. Wie wäre es zum Beispiel mit dieser schönen Krawatte?

Kundin Aber nicht doch eine Krawatte, wo denken Sie hin. Mein Freund trägt keine Krawatten. Er ist Künstler.

Verkäuferin Etwa ein Maler? Da hätte ich etwas Passendes. Einen Farbkasten mit 24 Farben. Und dazu vielleicht noch ein paar hübsche Pinsel, was halten Sie davon?

Kundin Überhaupt nichts. Mein Freund ist kein Maler.

Verkäuferin Was denn? Vielleicht Musiker? Da hätte ich etwas ganz Besonderes. Was halten Sie von diesem wundervollen Notenständer?

Kundin Nein, er ist auch kein Musiker. Mein Freund schreibt Gedichte.

Verkäuferin *(abfällig)*
So, so Gedichte.

Kundin *(schwärmerisch)*
Ja, Gedichte. Und fragen Sie mich nicht, was für welche.

Verkäuferin Na, da hab' ich etwas ganz Tolles für Sie.

Kundin *(erfreut)*
Ja, wirklich? Was denn?

Verkäuferin Genau das Richtige für einen Dichter.
*(Sie bückt sich und greift unter den Ladentisch.)*
Hier, einen ganz originellen Papierkorb.

**– Vorhang –**

*Beim Psychiater*

## *Beim Arzt:*

## *Er hat den Mund voller Groschen*

# Beim Psychiater

**Personen:** Psychiater
Dirk

**Spielanleitung:** *Auf der Bühne stehen ein Stuhl und ein Tisch und darauf ein Telefon. Auf der rechten Bühnenseite sieht man eine Couch. Der Psychiater sitzt am Tisch.*

*Das Telefon klingelt.*

Psychiater — *(nimmt den Hörer ab)*
Praxis Psychiater Hobelmeier. Was kann ich für Sie tun?
Was sagen Sie? Ihre Frau bildet sich ein, sie sei ein Huhn?!
Wie? Das glaubt Sie schon seit 10 Jahren? Ist das wirklich wahr? Seit 10 Jahren glaubt Ihre Frau, sie wäre ein Huhn. Und Sie wenden sich erst jetzt an mich? Unglaublich!
Ach so, Sie haben die Eier so dringend gebraucht, ich verstehe. Aber kommen Sie trotzdem umgehend zu mir.
*(legt den Hörer auf die Gabel zurück)*
Nee, nee, nee, Leute gibt's, die gibt's gar nicht. Erst gestern war eine Frau mit ihrem Mann hier und hat erzählt, er halte sich für eine Parkuhr. Als ich sie fragte, warum er mir das denn nicht selbst sagt, antwortete sie: »Das geht nicht, er hat doch den ganzen Mund voller Groschen.« – So, jetzt muß ich aber weitermachen.
*(laut)*
Der nächste bitte!

Dirk — *(kommt auf die Bühne)*
Guten Tag, Herr Doktor.

Psychiater — Nanu, – wer bist du denn?

Dirk — Ich heiße Dirk.

Psychiater — So jung und schon Probleme? Was kann ich denn für dich tun, Dirk?

Dirk — Herr Doktor, ich fürchte, ich bin ein ganz schwieriger Fall.

Psychiater — Na, das zu beurteilen, mußt du schon mir überlassen. Leg dich erstmal auf die Couch, und dann wollen wir in aller Ruhe über dein Problem sprechen.

Dirk — *(legt sich auf die Couch)*

Psychiater — *(trägt seinen Stuhl zur Couch und setzt sich hin)*
So, Dirk, liegst du jetzt auch ganz entspannt?

Dirk — Ja.

Psychiater — Das ist gut. Und jetzt mußt du mir dein Problem genau schildern, damit wir es in den Griff bekommen.

Dirk — Ach, Herr Doktor, ich fürchte, es ist zwecklos.

Psychiater — Nun verzweifel mal nicht gleich. Erzähl mir einfach, was dich so entsetzlich quält, dann werden wir sicherlich auch eine Lösung für dich finden.

Dirk — Herr Doktor, das wäre schön, wenn Sie mir helfen könnten. Es ist fürchterlich. Stellen Sie sich vor, ich geh' so wahnsinnig gern zur Schule. Ist das nicht schrecklich?!

**– Vorhang –**

# *Schade*

**Personen:** Jan
Anja
Tante

**Spielanleitung:** *Für diesen Sketch benötigt ihr keinen besonderen Bühnenaufbau. Er kann gespielt werden, während im Hintergrund die Bühne für den nächsten Auftritt vorbereitet wird.*
*Jan kommt von rechts auf die Bühne, Tante Gerda von links. In der Mitte begegnen sie sich.*

Tante — Guten Tag, Jan.

Jan — Tag, Tante Gerda.

Tante — Was machst du denn vormittags um 10.00 Uhr auf der Straße?

Jan — Ich will meinen Freund zum Spielen abholen.

Tante — Ja, hast du denn keine Schule?

Jan — Wir haben schon seit einer Woche frei.

Tante — *(erstaunt)*
Nanu, aber es sind doch gar keine Ferien.

Jan — Nein, das nicht, aber unsere Lehrerin, Frau Müller, ist krank, deshalb fällt der Unterricht aus.

Tante — Schön für euch. So, ich muß jetzt schnell weiter. Bestell deiner Mutter einen schönen Gruß von mir.

Jan — Mach' ich.

Tante — *(verläßt die Bühne)*

Anja — *(kommt von links auf die Bühne)*
Hallo, Jan.

Jan Hallo, Anja.

Anja Ich hab' gerade Frau Müller besucht.

Jan Wirklich?

Anja Ja.

Jan Und wie geht es ihr?

Anja Es besteht keine Hoffnung mehr.

Jan *(erschrocken)*
Nein?

Anja Nein, aussichtslos.

Jan Das ist ja schrecklich.

Anja Ja, es ist furchtbar! Frau Müller ist wieder gesund, und wir müssen morgen wieder in die Schule.

**– Vorhang –**

# Die Untersuchung

**Personen:** Vater
Arzt

**Spielanleitung:** *Auf der Bühne stehen ein Tisch, ein Stuhl und ein Schränkchen. Darin befinden sich die Werkzeuge, die bei diesem Sketch benötigt werden. Im Hintergrund steht eine Trennwand, hinter der der Arzt immer wieder verschwindet. Der Vater sitzt am Tisch und liest Zeitung. Aber er läßt sie alle paar Sekunden sinken und schaut auf seine Armbanduhr.*

Vater: Jetzt müßte doch der Arzt schon längst hier sein.
*(dreht sich zur Trennwand um)*
Keine Bange, mein Sohn, gleich kommt der Arzt und untersucht dich. Daß der sich auch so lange Zeit läßt. Wofür bezahlt man eigentlich die Krankenversicherung, wenn dann doch kein Arzt kommt?

*(Es klingelt.)*

Vater: *(springt von seinem Stuhl auf und geht auf die Seite der Bühne, von der das Klingeln kam)*
Na, endlich! Das wurde aber auch Zeit!

Arzt: *(trägt seine Arzttasche in der linken Hand)*
Guten Tag, Herr Weber, Sie hatten mich angerufen?

Vater: Ja, guten Tag, Herr Doktor. Schön, daß Sie so schnell kommen konnten. Es gibt eben doch noch Ärzte, auf die man sich verlassen kann.

*(Vater und Arzt bleiben in der Bühnenmitte stehen.)*

Arzt: Na, wo ist denn der Patient?

Vater: *(deutet auf die Trennwand)*
Mein Sohn liegt dort im Nebenzimmer.

Arzt — Na, dann will ich mal.
*(geht auf die Trennwand zu)*

Vater — *(geht mit dem Arzt)*

Arzt — Nein, lassen Sie mal. Ich möchte mir Ihren Sohn allein ansehen, warten Sie bitte hier.
*(Der Arzt verschwindet hinter der Trennwand.)*

Vater — *(setzt sich wieder an den Tisch)*

Arzt — *(kommt ohne Tasche auf die Bühne)*
Herr Weber, sind Sie wohl so nett und geben mir mal einen Schraubenzieher?

Vater — *(steht auf, holt einen Schraubenzieher aus dem Schränkchen und reicht ihn dem Arzt)*
Hier, bitte Herr Doktor.

Arzt — Danke.
*(Er nimmt den Schraubenzieher und verschwindet hinter der Trennwand.)*

Vater — *(setzt sich wieder und schaut ab und zu zur Trennwand)*

Arzt — *(kommt wieder auf die Bühne)*
Herr Weber, ich muß Sie um noch einen Gefallen bitten. Könnte ich wohl einen Hammer haben?

Vater — *(schaut den Arzt verwundert an)*
Aber selbstverständlich, Herr Doktor, wenn es meinem Sohn nur hilft.

Arzt — Da können Sie sicher sein, Herr Weber.

Vater — *(geht zum Schränkchen, entnimmt einen Hammer und gibt ihn dem Arzt)*
Hier bitte.

Arzt — Danke.
*(Er nimmt den Hammer und verschwindet hinter der Trennwand.)*

Vater — *(geht unruhig auf der Bühne auf und ab; bei jedem Geräusch, das er hört, zuckt er zusammen)*

Arzt — *(kommt nochmals auf die Bühne)*
Herr Weber, ich muß Sie noch einmal bemühen. Haben Sie auch einen Meißel für mich?

Vater — *(starrt den Arzt ganz entsetzt an)*
Aber, Herr Doktor! Jetzt sagen Sie mir endlich, was mit meinem Sohn los ist?

Arzt — Keine Ahnung!

Vater — *(entsetzt)*
Wie bitte? Was sagen Sie? Keine Ahnung? Ja, um Gottes Willen! Sie sind doch Arzt! Sie müssen doch wissen, was meinem Sohn fehlt, wenn Sie für die Untersuchung Schraubenzieher, Hammer und Meißel benötigen!

Arzt — Nun beruhigen Sie sich doch. Ich weiß es wirklich nicht, denn ich konnte ihn noch gar nicht untersuchen. Ich bekomme nämlich meine Arzttasche nicht auf.

**– Vorhang –**

*Grün-weiß kariert*

*Im Wilden Westen:*

*Da mußte ich auch zu Fuß nach Hause gehen*

# Der Name

**Personen:** Indianer
Sheriff

**Spielanleitung:** *Auf der Bühne stehen ein Stuhl und ein Tisch, hinter dem der Sheriff sitzt, die Füße hochgelegt und in einer Zeitung blätternd. Der Indianer trägt einen Kopfschmuck aus Federn.*

Indianer *(kommt auf die Bühne; als er den Sheriff sieht, hebt er grüßend die rechte Hand und stellt sich an den Tisch)*
Howgh!

Sheriff *(blickt von seiner Zeitung auf)*
Genau!

Indianer Sheriff, ich grüße dich, dein Tag möge gesegnet sein.

Sheriff Ja, ja, deiner auch.

Indianer Wo kann ich meinen Namen ändern lassen?

Sheriff Was willst du?

Indianer Meinen Namen ändern lassen. Wo kann ich das machen lassen?

Sheriff *(nimmt die Füße vom Tisch)*
Da bist du hier beim Sheriff genau an der richtigen Stelle.

Indianer Dann hat mir der große Manitou den richtigen Weg gewiesen.

Sheriff Ja, ja, kommen wir zur Sache. Wie heißt du?

Indianer Fliegender, göttlicher Adler, der vom Himmel fällt.

Sheriff Und wie möchtest du heißen?

Indianer Plumps.

**– Vorhang –**

# *Grün-weiß kariert*

**Personen:** Barkeeper
Jack
Ed
Mehrere »stille« Cowboys

**Spielanleitung:** *Ein Westernsaloon ist durch einen Tresen sowie mehrere Tische angedeutet, an denen die Cowboys sitzen und trinken. Der Barkeeper steht hinter dem Tresen. Ed, ein sehr großer und kräftiger Cowboy, sitzt im Hintergrund.*

Jack — *(Ein kleiner schmächtiger Junge kommt auf die Bühne. Er baut sich drohend vor den anwesenden Cowboys auf.)*
Wer hat mein Pferd grün-weiß angestrichen?

*(Alle Cowboys blicken zu Ed.)*

Ed — *(erhebt sich zu voller Größe und kommt langsam auf Jack zu)*
Was willst du?

Jack — *(stockend)*
Wer hat mein Pferd grün-weiß angestrichen?

Ed — *(drohend)*
Das war ich!

Jack — *(zitternd)*
Ich wollte dir nur sagen, daß die Farbe trocken ist. Du kannst jetzt lackieren.

**– Vorhang –**

# Wie damals

**Personen:**

Barkeeper
Bill
Joe
Mehrere »stille Cowboys«

**Spielanleitung:**

*Ein Westernsaloon ist durch einen Tresen sowie durch mehrere Stühle und Tische angedeutet, an denen die Cowboys sitzen und trinken. Der Barkeeper steht hinter dem Tresen.*
*Joe und Bill haben einen Tisch in der Mitte der Bühne.*

Joe — *(hebt sein Glas und prostet Bill zu)*
Auf dich, alter Kumpel!

Bill — *(hebt ebenfalls sein Glas und prostet Joe zu)*
Auf dich, Joe!

Joe — Stell dir vor, Bill, ich war gestern bei den Niagarafällen. Da hab' ich doch wahrhaftig gesehen, wie ein Mann den Wasserfall hochgeschwommen ist.

Bill — *(lehnt sich bequem in seinem Stuhl zurück)*
Ich weiß.

Joe — *(ungläubig)*
Das weißt du?

Bill — Natürlich!

Joe — Woher?

Bill — Na, dieser Mann war ich.

Joe — Du spinnst! – Prost, Bill.
*(hebt sein Glas und trinkt)*

Bill — *(trinkt ebenfalls)*
So, ich muß jetzt weiterreiten. Mach's gut, Joe!

Joe — Mach's gut, Bill!

Bill — *(verläßt die Bühne)*
*(kommt nach kurzer Zeit wieder, baut sich in der Mitte der Bühne auf und schreit)*
Wer hat mein Pferd gestohlen?

*(Niemand meldet sich.)*

Bill — *(nimmt eine drohende Haltung an)*
Wer hat mein Pferd gestohlen?

*(Wieder meldet sich niemand.)*

Bill — *(noch drohender)*
Wenn ihr jetzt nicht sofort mit der Wahrheit herausrückt, geschieht dasselbe, was vor zwei Jahren in Las Vegas passiert ist.

Joe — Was war denn damals?

Bill — *(brummt)*
Da mußte ich auch zu Fuß nach Hause gehen.

**– Vorhang –**

*Der Überfall*

# Vermischtes:

# Der Bundeskanzler kommt nicht

# Die Warnung

**Personen:** Frau
Junge

**Spielanleitung:** *Auf der Bühne stehen ein Stuhl und ein Tisch, an dem die Frau sitzt und Zeitung liest. Auf dem Tisch steht ein Telefon. In der linken Hälfte der Bühne befindet sich eine Telefonzelle.*

Junge — *(kommt auf die Bühne und betritt die Telefonzelle; er hebt den Hörer ab und wählt eine Nummer)*

*(Das Telefon klingelt.)*

Frau — *(hebt den Hörer ab)*
Ja, bitte, Kretschmar hier.

Junge — *(mit heiserer Stimme)*
Frau Kretschmar, hören Sie mir genau zu! Es ist jetzt 10.30 Uhr. Wenn bis 11.00 Uhr der rote Fleck auf Ihrem Teppich nicht verschwunden ist, dann . . ., dann . . ., dann . . .
*(Er legt auf und verläßt die Bühne.)*

Frau — *(legt den Hörer auf die Gabel)*
Was soll das denn? Wer war das? Und vor allem, woher weiß er von dem roten Fleck auf meinem Teppich?
*(Sie nimmt wieder die Zeitung zur Hand und liest weiter.)*
Ich werde doch nicht auf so einen blöden Anruf reagieren. Das wäre ja noch schöner.

Junge — *(kommt wieder auf die Bühne und betritt die Telefonzelle; er nimmt den Hörer ab und wählt eine Nummer)*

*(Das Telefon klingelt.)*

Frau — *(zuckt zusammen, nimmt den Hörer ab)*
Ja, bitte?

Junge — *(mit heiserer Stimme)*
Es ist jetzt 10.40 Uhr. Frau Kretschmar, das sage ich Ihnen, wenn bis 11.00 Uhr der rote Fleck auf Ihrem Teppich nicht verschwunden ist, dann . . ., dann . . ., dann . . .
*(Er legt auf und verläßt die Bühne.)*

Frau — *(legt sichtlich verwirrt den Hörer auf die Gabel)*
Das darf doch wohl nicht wahr sein. Jetzt ruft der schon wieder an.
*(Sie setzt sich auf den Stuhl, springt aber dann sofort wieder auf, holt einen Lappen und ein Flasche mit Putzmittel und fängt an, den Boden abzureiben.)*
Wenn ich auch auf die Drohung nichts gebe, aber der Fleck muß ja so oder so aus dem Teppich raus.

Junge — *(kommt wieder auf die Bühne, betritt die Telefonzelle, nimmt den Hörer ab und wählt eine Nummer)*

*(Das Telefon klingelt.)*

Frau — *(zuckt zusammen und läßt vor Schreck die Flasche mit dem Putzmittel fallen; starrt erschrocken zum Telefon, steht langsam auf, geht zum Apparat und nimmt vorsichtig den Hörer ab; mit zitternder Stimme)*
Ja, bitte?

Junge — *(mit heiserer Stimme)*
Es ist jetzt 10.50 Uhr. Meine letzte Warnung! Wenn bis 11.00 Uhr der rote Fleck auf Ihrem Teppich nicht verschwunden ist, dann . . ., dann . . ., dann . . .
*(Er legt auf und verläßt die Bühne.)*

Frau — *(bleibt wie versteinert stehen und starrt auf den Telefonhörer. Sie legt ihn dann ganz langsam auf die Gabel. Nun wird sie hektisch, holt ein neues Putzmittel und schrubbt den Boden. Sie schüttelt verzweifelt den Kopf und holt eine andere Flasche. Dieser Vorgang wiederholt sich dreimal. Dann läßt sie verzweifelt die Arme sinken und stöhnt laut auf.)*
Dieser Fleck bringt mich zur Verzweiflung. Er geht einfach nicht raus!

Junge *(kommt wieder auf die Bühne, geht in die Telefonzelle, nimmt den Hörer ab und wählt eine Nummer)*
*(Das Telefon klingelt.)*

Frau *(zuckt zusammen, steht mit zitternden Knien vom Boden auf und geht ganz langsam zum Telefon; sie faßt den Hörer mit zwei Fingern an und führt ihn ans Ohr; mit zitternder Stimme)*
Ja?

Junge *(mit heiserer Stimme)*
Frau Kretschmar?

Frau *(stotternd)*
Ja, wa-wa-wa-was ist?

Junge Es ist jetzt 11.00 Uhr. Wenn der rote Fleck auf Ihrem Teppich jetzt nicht verschwunden ist, dann . . ., dann . . ., dann . . . – dann bleibt er eben da.

**– Vorhang –**

# Heinz

**Personen:** Gastwirt
Karl
Otto
Mehrere »stille« Gäste

**Spielanleitung:** *Eine Gaststätte ist durch einen Tresen sowie mehrere Tische angedeutet, an denen die Gäste sitzen und trinken. Der Wirt steht hinter dem Tresen. Otto ist ein kleines, schmächtiges Kerlchen. Er sitzt an einem Tisch in der Mitte der Bühne.*

Karl — *(ist groß und kräftig; er kommt auf die Bühne)*
Wer heißt hier Heinz?

Otto — *(steht auf und meldet sich)*
Ich, warum?

Karl — *(geht auf ihn zu und schlägt ihm ohne ein Wort zu sagen, einige Male kräftig ins Gesicht)*

Otto — *(geht zu Boden)*

Karl — *(dreht sich um und verläßt die Bühne)*

Otto — *(steht auf und fängt fürchterlich an zu lachen)*

Wirt — Was ist denn los?

Otto — *(lacht noch lauter)*

Wirt — Soll ich einen Arzt holen?

Otto — Nein! – den Mann hab' ich vielleicht reingelegt.

Wirt — Wieso?

Otto — Ich heiße doch gar nicht Heinz!

**– Vorhang –**

# Die Artisten

**Personen:** Zirkusdirektor
Mann

**Spielanleitung:** *Auf der Bühne stehen ein Schreibtisch, dahinter ein Stuhl und davor zwei. Im Hintergrund hängt ein Zirkusplakat. Auf dem Schreibtisch befindet sich ein Telefon.*

Direktor *(sitzt am Schreibtisch und telefoniert)*
Nein, das tut mir leid, mein Herr, aber wir können für unseren Zirkus nur ganz besondere Attraktionen gebrauchen. – Nein, also was Sie da zu bieten haben, lockt doch niemand in den Zirkus.
*(Während er den Hörer auflegt, klopft es.)*

Direktor Herein!

Mann *(betritt die Bühne; er trägt in der rechten Hand einen großen und in der linken Hand einen ganz kleinen Koffer)*
Guten Tag, Herr Direktor.

Direktor Guten Tag, der Herr. Sie wünschen?

Mann Ich wollte Ihnen eine Attraktion für Ihren Zirkus anbieten.

Direktor Soso. Na, dann lassen Sie mal sehen. Aber das muß schon was ganz Besonderes sein, wenn Sie bei mir auftreten wollen.

Mann *(öffnet den kleinen Koffer und holt einen Ziegelstein heraus)*
Hier, sehen Sie diesen Ziegelstein? Diesen Ziegelstein haue ich mir vor den Augen des Publikums auf den Kopf, und zwar ohne daß mir das Geringste passiert. Na, ist das eine Sensation?
*(Er sieht den Direktor erwartungsvoll an.)*

Direktor Interessant! – Und was haben Sie in dem großen Koffer?

Mann Kopfschmerztabletten.

**– Vorhang –**

# *Das Zimmer*

**Personen:** Mann
Portier

**Spielanleitung:** *Auf der Bühne befindet sich ein Tisch, dahinter steht der Portier und sortiert Briefe. Auf dem Tisch sieht man das Schild »Rezeption«.*

Mann — *(kommt mit einem Koffer in der Hand auf die Bühne, geht auf die Rezeption zu und setzt den Koffer ab; dann wischt er sich mit einem Taschentuch laut stöhnend den Schweiß von der Stirn)* Gott sei Dank, daß ich endlich den Koffer abstellen kann.

Portier — Mein Herr, hier können Sie Ihren Koffer aber nicht stehen lassen.

Mann — Dann geben Sie mir doch ein Zimmer, sagen Sie Ihrem Träger, er möge meinen Koffer aufs Zimmer bringen, und schon ist alles klar!

Portier — Auf welchen Namen hatten Sie denn vorbestellt?

Mann — Vorbestellt? Wieso? Das hab' ich nicht. Geben Sie mir ein Zimmer, und der Fall ist erledigt.

Portier — Das tut mir leid, aber ich habe absolut nichts mehr frei.

Mann — Sie wollen mich wohl auf den Arm nehmen.

Portier — Ich werde mich hüten bei meinem Hexenschuß! Nein, mein Herr, wir sind wirklich restlos ausgebucht.

Mann — Aber, wenn jetzt der Bundeskanzler käme und ein Zimmer haben möchte, dann hätten Sie doch bestimmt noch eines frei, oder?

Portier — Ja, natürlich, für den Bundeskanzler immer.

Mann — Dann geben Sie mir genau das Zimmer, denn der Bundeskanzler kommt heute bestimmt nicht.

**– Vorhang –**

# Der Überfall

**Personen:** Kassierer
Bankräuber
einige Kunden

**Spielanleitung:** *Auf der Bühne ist ein Kassenschalter aufgebaut, dahinter steht der Kassierer, davor warten einige Kunden.*

Kassierer — *(reicht dem ersten Kunden einen Zettel)*
So, hier ist Ihre Quittung.

Kunde — Danke. Auf Wiedersehen.
*(Der Kunde geht, und die Reihe rückt nach.)*

Kassierer — Was kann ich . . .

Bankräuber — *(kommt auf die Bühne gestürmt. In der Hand hält er eine Wasserpistole, die auch deutlich als solche zu erkennen sein soll.)*
Hände hoch! Das ist ein Überfall.

Kassierer — *(kümmert sich gar nicht um den Bankräuber, sondern wendet sich wieder an seinen Kunden)*
Was kann ich für Sie tun?

Kunde — Ich möchte einen . . .

Bankräuber — *(läuft zum Kassierer und schreit)*
Das ist ein Überfall! Hände hoch!

Kassierer — Was soll das denn? Glauben Sie etwa, hier hätte jemand Angst vor einer Wasserpistole?

Bankräuber — Sie ist aber mit Wasser aus dem Rhein gefüllt!

Kassierer und alle Kunden — *(heben die Hände und schreien)*
Hilfe! Hilfe!

**– Vorhang –**

*Ach, darum*

# Pausenfüller:

# Das sind aber komische Geschenke

# *Darf ich?*

**Personen:** Mark
Steffi

**Spielanleitung:** *Auch dieser Sketch ist sehr kurz und benötigt keinen besonderen Bühnenaufbau. Er kann gespielt werden, während im Hintergrund die Bühne für den nächsten Sketch fertiggemacht wird.*

Mark — *(kommt von rechts auf die Bühne; er hat einige Fotos in der Hand, die er sich im Gehen anschaut)*

Steffi — *(kommt von links auf die Bühne)*
Hallo, Mark!

Mark — Hallo, Steffi.

Steffi — Was hast du denn da?

Mark — Ach, nichts Besonderes. Nur ein paar Fotos.

Steffi — Darf ich die mal sehen?

Mark — *(zögert)*
Ich weiß nicht.

Steffi — *(neugierig)*
Komm, zeig schon.

Mark — *(reicht ihr die Bilder)*
Na gut.

Steffi — *(sieht sich die Bilder an)*
Das sind ja alles Bilder von dir.

Mark — Ja.

Steffi — Schenkst du mir eins?

Mark — Warum denn?

Steffi — Och, ja, bitte!

Mark — *(nimmt Steffi die Bilder aus der Hand, sucht eins aus und reicht es ihr)*
Hier, bitte.

Steffi — Danke.

Mark — Aber jetzt sag mal, Steffi, warum willst du unbedingt ein Foto von mir haben?

Steffi — Ist doch ganz klar. Wir sollen morgen Bilder von Naturkatastrophen in die Schule mitbringen.

**– Vorhang –**

# Ach, darum!

**Personen:** Stephan
Ilona

**Spielanleitung:** *Dieser Sketch ist wieder sehr kurz, und er benötigt weder Requisiten noch einen besonderen Bühnenaufbau. Er kann gespielt werden, während im Hintergrund die Bühne für den nächsten Auftritt vorbereitet wird.*

Stephan — *(kommt von rechts auf die Bühne, hüpft dauernd auf und ab; zwischendurch schlägt er auch ein Rad )*

Ilona — *(kommt von links auf die Bühne)*
Hallo, Stephan.

Stephan — Hallo, Ilona.
*(hüpft die ganze Zeit weiter)*

Ilona — Was ist denn mit dir los?

Stephan — Was soll los sein!

Ilona — Weiß ich doch nicht . – Aber dann steh doch endlich mal still.

Stephan — Das geht nicht.

Ilona — Und warum nicht?

Stephan — Ganz einfach! Ich hab' vorhin meine Medizin genommen.

Ilona — *(verständnislos)*
Na und?

Stephan — Da hab' ich vor dem Einnehmen vollkommen vergessen, die Medizinflasche zu schütteln.

**– Vorhang –**

# *Geburtstagsgeschenke*

| | |
|---|---|
| **Personen:** | Franz<br>Wibke |
| **Spielanleitung:** | *Auch dieser Sketch ist wieder sehr kurz und benötigt keinen besonderen Bühnenaufbau. Er kann gespielt werden, während im Hintergrund die Bühne umgebaut wird.* |
| Frank | *(kommt von rechts auf die Bühne und spielt mit einem Ball)* |
| Wibke | *(kommt von links auf die Bühne)*<br>Hallo, Frank. |
| Frank | *(nimmt den Ball in die Hand und schaut auf)*<br>Hallo, Wibke. |
| Wibke | Wohin gehst du? |
| Frank | Zum Fußball spielen. |
| Wibke | Sag mal, Frank, hattest du nicht gestern Geburtstag? |
| Frank | Ja. |
| Wibke | Herzlichen Glückwunsch nachträglich. Hast du schön gefeiert? |
| Frank | Ja. |
| Wibke | Was hast du denn geschenkt bekommen? |
| Frank | Drei harte Frisbee-Scheiben, ein Luftgewehr, vier Bälle und eine Steinschleuder mit Munition. |
| Wibke | Das sind aber komische Geschenke. |
| Frank | Gar nicht, mein Vater ist doch Glaser. |

**– Vorhang –**

# *Lieber nicht*

**Personen:** Junge
Mädchen

**Spielanleitung:** *Zum Schluß noch ein geeigneter Pausenfüller, der keinen besonderen Bühnenaufbau benötigt.*
*Während dieser Sketch gespielt wird, kann im Hintergrund die Bühnendekoration für den nächsten entsprechend verändert werden.*
*Der Junge und das Mädchen spielen in der Mitte der Bühne mit einem Ball.*

Junge — *(wirft den Ball)*
Paß auf, und schlaf nicht ein, Schwesterchen.

Mädchen — *(wirft den Ball zurück, der Junge läßt den Ball fallen)*
Schlaf du nicht ein, Brüderchen.

Junge — *(hebt den Ball auf und schaut dabei auf seine Armbanduhr)*
Ach, du liebe Zeit, es ist schon viertel nach sechse, und wir kommen eine Stunde zu spät nach Hause. Da werden Mama und Papa ganz schön sauer sein.

Mädchen — *(erschrocken)*
Was? Eine Stunde?

Junge — Ja, genau eine Stunde.

Mädchen — Dann laß uns ganz schnell nach Hause rennen.

Junge — Lieber nicht! Wenn wir jetzt kommen, dann gibt es nur Meckerei und vielleicht sogar eine Strafe. Laß uns lieber warten bis es dunkel wird. Dann sind sie froh, daß wir überhaupt kommen.

**– Vorhang –**

# NÜTZLICHE RATGEBER

## EINE AUSWAHL

**Stand: Herbst 1993**

## Hobby und Freizeit

Falken-Handbuch
**Zeichnen und Malen**
(**4167**-5) Von B. Bagnall, 336 S., 1154 Farbabb., Pappband. ●●●●●

**Kreativ Zeichnen**
(**4688**-X) Von B. Bagnall, 176 S., zahlr. Farbabb., Pappband. ●●●●

**Punkt, Punkt, Komma, Strich**
Zeichnen leicht gemacht
(**4721**-5) Von H. Witzig, 144 S., 512 s/w-Zeichnungen, Pappband. ●●

**Punkt, Punkt, Komma, Strich**
Zeichenstunde für Kinder
(**0564**-4) Von H. Witzig, 144 S., über 250 Zeichnungen, kart. ●

**Einmal grad und einmal krumm**
Zeichenstunde für Kinder
(**0599**-7) Von H. Witzig, 144 S., 363 Abb., kartoniert. ●

**Figürliches Zeichnen**
leicht gemacht
(**1010**-9) Von H. Witzig, 112 S., 462 Figuren, kartoniert. ●

**Airbrush**
Kreatives Gestalten mit dem Luftpinsel
(**1133**-4) Von C. M. Mette, 80 S., 145 Farbfotos, 40 Farbzeichnungen, kartoniert. ●●

**Kalligraphie**
Die Kunst des schönen Schreibens
(**4263**-9) Von C. Hartmann, 120 S., 44 Farbvorlagen, 29 s/w-Vorlagen, 2 s/w-Zeichnungen, 38 Farbfotos, Pappband. ●●●●

Gestalten mit Schrift
**Kalligraphie**
(**1044**-3) Von I. Schade, 80 S., 2 Farb- und 1 s/w-Foto, 143 Farbzeichnungen, kart. ●●

**Hobby Aquarellmalen**
Landschaft und Stilleben
(**0876**-7) Von I. Schade, A. Brück, 80 S., 111 Farbabb., kart. ●●

**Hobby Ölmalerei**
Landschaft und Stilleben
(**0875**-9) Von H. Kämper, I. Becker, 80 S., 93 Farbabb., kart. ●●

FALKEN
**Lexikon der Seidenmalerei**
Mit großer Farbmischtabelle
(**4737**-1) Von K. Huber, 192 S., ca. 250 Farbfotos, Pappband. ●●●●

**Seidenmalerei in Vollendung**
(**4414**-3) Hrsg. von R. Smend, 160 S., 227 Farbfotos, 36 s/w-Fotos, geprägter Leineneinband mit Schutzumschlag, im Schuber. ●●●●●

**Seidenmalerei und Modedesign**
Modelle · Techniken · Schnittmuster
(**4476**-3) Von B. Hansen, 176 S., 140 Farbf.93 Farb-, 68 s/w-Zeichn., Pappband. ●●●●

**Seidenmalerei Exklusive Tücher**
(**1303**-5) Von E. Schwinge, 80 S., 79 Farbfotos, 6 Zeichnungen, kart. ●●

**Kreative Seidenmalerei**
Motive · Muster · Farbenspiel
(**4720**-7) Von M. Neubacher-Fesser, ca. 136 S., zahlr. Farbabb., Pappband. ●●●●

Seidenmalerei
**Muster über Muster**
20 Künstlerinnen präsentieren 120 Ideen
(**4744**-4) 128 S., 188 Farbabbildungen, Pappband. ●●●●

**Seidenmalerei**
Die wichtigsten Techniken Schritt für Schritt
(**1357**-4) Von B. Hansen, 64 S., zahlr. Farbabb., kartoniert. ●●

**Seidenmalerei als Kunst und Hobby**
(**4264**-7) Von S. Hahn, 136 S., Farbabb., 1 s/w-Foto, Pappband. ●●●●

**Neue zauberhafte Seidenmalerei**
Motive und Anregungen aus der Natur
(**0924**-0) Von R. Henge, 80 S., 148 Farbfotos, 27 s/w-Zeichnungen, kart. ●●

Krawatten, Tücher und Fliegen individuell gestalten
**Seidenmalerei**
(**1242**-X) Von A. Reichmann, 64 S., durchgehend vierfarbig, kart. ●●

**Aquarellieren auf Seide**
Materialien · Techniken · Motive
(**0917**-8) Von I. Demharter, 32 S., 41 Farbfotos, Pappband. ●

**Airbrush auf Seide**
(**1342**-6) Von I. Demharter, 64 S., zahlreiche Farbabbildungen, kart. ●●

**Airbrush Seidenmalerei**
Mit Vorlagen für Schablonen
(**1356**-6) Von C. M. Mette, ca. 80 S., zahlr. Farbabbildungen, kartoniert. ●●●

**Seidenmalerei Bäume und Blätter**
(**5249**-9) Von D. Kosik, 32 S., 5 Farbfotos, 23 Farb- u. 13 s/w-Zeichungen, kart. ●

**Seidenmalerei Landschaften**
(**5153**-0) Von D. Kosik, 32 S., 50 Farbfotos, 12 Zeichnungen, mit Vorlagebogen in Originalgröße, kart. ●

**Seidenmalerei Kissen**
(**5151**-4) Von I. Demharter, 32 S., 42 Farbfotos, 2 Zeichnungen, mit Vorlagebogen in Originalgröße, kart. ●

**Seidenmalerei Blusen und T-Shirts**
(**5184**-0) Von A. Keller, 32 S., 28 Farbfotos, 12 Zeichnungen, mit Vorlagebogen in Originalgröße, kartoniert. ●

**Seidenmalerei Tücher und Schals**
(**5152**-2) Von R. Henge, 32 S., 36 Farbfotos, 1 Zeichnung, mit Vorlagebogen in Originalgröße, kart. ●

**Seidenmalerei Tiermotive**
(**5204**-9) Von A. Keller, 32 S., 37 Farbfotos, mit Vorlagebogen in Originalgröße, kart. ●

Serti Designo
**Seidenmalerei mit Kreidestiften**
(**5208**-1) Von S. Tichy-Gibley, 32 S., 46 Farbfotos, mit Vorlagebogen in Originalgröße, kart. ●

**Seidenmalerei Lampenschirme**
(**5154**-9) Von I. Walter-Ammon, 32 S., 47 Farbfotos, 1 Zeichnung, mit Vorlagebogen in Originalgröße, kart. ●

**Seidenmalerei Blüten, Blätter, Ranken**
(**5165**-4) Von D. Kosik, 32 S., 35 Farbfotos, 4 Zeichnungen, mit Vorlagebogen in Originalgröße, kart. ●

**Seidenmalerei Schmuckkarten und Miniaturbilder**
(**5166**-2) Von I. Walter-Ammon, 32 S., 37 Farbfotos, 2 Zeichnungen, mit Vorlagebogen in Originalgröße, kart. ●

Akzente mit Perlen, Pailetten und Straß
**Seidenmalerei**
(**5248**-0) Von A. Keller, 32 S., ca. 50 Farbf., mit Vorlagebogen in Originalgröße, kart. ●

**Seidenmalerei Bilder in Konturentechnik**
(**5182**-4) Von I. Demharter, 32 S., 28 Farbfotos, 2 Zeichnungen, mit Vorlagebogen in Originalgröße, kart. ●

**Seidenmalerei Applikationen**
(**5224**-3) Von J. Bressau, 32 S., 50 Farbfotos, mit Vorlagebogen in Originalgröße, kart. ●

**Malen auf Seide**
kinderleicht
(**5218**-9) Von R. Henge, 32 S., 11 Farbfotos, 44 Farbzeichn., Vorlagebogen, kartoniert. ●

**Moderne Stoffmalerei**
(**1358**-2) Von H. Sander, 64 S., 73 Farbf., 50 s/w-Zeichn., kart. ●●

**Perfekt Stricken**
Mit Sonderteil Häkeln.
(**4250**-7) Von H. Jaacks, 256 S., 703 Farbfotos, 169 Farb- und 121 s/w-Zeichnungen, Pappband. ●●●●

Das moderne Standardwerk
**Nähen**
(**4709**-6) Von S. von Rudzinski, 176 S., vierfarbig, Pappband. ●●●●

**Marionetten**
selbst bauen und führen
(**1043**-5) Von D. Köhnen, 80 S., 150 Farbfotos, mit Schnittmusterbogen, kartoniert. ●●

**Hampelmänner**
Basteln mit Kindern ab 5 Jahren
(**5240**-5) Von F. Michalski, 32 S., ca. 50 Farbabb., mit Vorlagebg. in Originalgröße, kart. ●

**Künstlerpuppen**
im 20. Jahrhundert
(**4719**-3) Hrsg. R. Höckh, 160 S., 192 Farbfotos, 26 s/w-Fotos, Pappband. ●●●●●

**Charakterpuppen**
aus Cernit und Porzellan selbst gestalten
(**1156**-3) Von S. Becker, 64 S., 143 Farbfotos, 30 Zeichnungen, 13 Vignetten, mit Schnittmusterbogen, kartoniert. ●●

**Puppen zum Liebhaben**
(**5199**-9) Von B. Wehrle, 32 S., 27 Farbfotos, 9 s/w-Zeichnungen, mit Vorlagebogen in Originalgröße, kartoniert. ●

**Neue zauberhafte Salzteig-Ideen**
(**0719**-1) Von I. Kiskalt, 80 S., 324 Farbfotos, 12 Zeichnungen, Schablonen, kart. ●●

Die hier vorgestellten Bücher, Videokassetten und Software sind in folgende Preisgruppen unterteilt:

● Preisgruppe bis DM 10,–/S 79,–/SFr 11,–
●● Preisgruppe über DM 10,– bis DM 20,–, S 80,– bis S 160,–, SFr 10,– bis SFr 21,–
●●● Preisgruppe über DM 20,– bis DM 30,–, S 161,– bis S 240,–, SFr 21,– bis SFr 30,–
●●●● Preisgruppe über DM 30,– bis DM 50,–, S 241,– bis S 400,–, SFr 30,– bis SFr 50,–
●●●●● Preisgruppe über DM 50,–/S 401,–/SFr 50,–
* (unverbindliche Preisempfehlung)

Die Preise entsprechen dem Status beim Druck dieses Verzeichnisses (s. Seite 1) – Änderungen, im besonderen der Preise, vorbehalten –

Falken-Verlag GmbH · Postfach 1120 FALKEN D-65521 Niedernhausen/Ts. · Tel.: 0 61 27 / 70 20

**Salzteig kinderleicht**
(**0973**-9) Von I. Kiskalt, 80 S., 224 Farbfotos, 8 Zeichnungen, kart. ●●

**Hobby Salzteig**
(**0662**-4) Von I. Kiskalt, 80 S., 150 Farbfotos, 5 Zeichnungen und Schablonen, kart. ●●

Kreatives gestalten mit Ton
**Töpfern ohne Scheibe – Aufbaukeramik**
(**0896**-1) Von A. Riedinger, 80 S., 207 Farbfotos, 16 Zeichnungen, 7 Vignetten, kart. ●●

Kreatives Gestalten mit Ton
**Töpfern auf der Scheibe**
(**0971**-2) Von A. Riedinger, 80 S., 28 Farb- und 3 s/w-Zeichnungen, 178 Farbf., kart. ●●

**Kneten und Modellieren**
kinderleicht
(**5217**-0) Von V. Ettelt, 32 S., 12 Farbtafeln, 72 Farbzeichnungen, Vorlagebogen, kart. ●

**Hobby Glaskunst in Tiffany-Technik**
(**0781**-7) Von N. Köppel, 80 S., 194 Farbfotos, 6 s/w-Abb., kart. ●●

**Tiffany-Lampen selbermachen**
Arbeitsanleitung · Materialien · Modelle
(**0684**-5) Von I. Spliethoff, 32 S., 60 Farbfotos, 19 Zeichnungen, Pappband. ●

**Fensterbilder in Tiffany-Technik**
(**5168**-9) Von P. Matz, 32 S., 43 Farbfotos, mit Vorlagebogen in Originalgröße, kart. ●

**Tiffany-Technik**
und andere kunstvolle Arbeiten in Glas
(**0972**-0) Von D. Köhnen, 80 S., 176 Farbfotos, 5 s/w-Zeichnungen, kart. ●●

Rocailles
**Perlenschmuck**
(**5209**-X) Von L. und E. Weiler, 32 S., 45 Farbfotos, 2 Zeichnungen, mit Vorlagebogen in Originalgröße, kartoniert. ●

**Masken**
phantasievoll dekorieren
(**5155**-7) Von Chr. Familler, 32 S., 48 Farbf., mit Vorlagebg. in Originalgröße, kart. ●

**Laubsägearbeiten für das Kinderzimmer**
(**5245**-6) Von H.-P. Krafft, 32 S., ca. 50 Farbf., mit Vorlagebg. in Originalgröße, kart. ●

**Schwingtiere aus Holz gestalten**
(**5222**-7) Von der Arbeitsgem. Werken, 32 S., 50 Farbfotos, mit Vorlagebogen in Originalgröße, kartoniert. ●

FALKEN Video
**Drachen**
bauen und fliegen
(**6141**-2) VHS, ca. 45 Min., in Farbe, mit Broschüre. ●●●●*

**Drachen**
bauen und steigen lassen.
(**0767**-1) Von W. Schimmelpfennig, 80 S., 1 dreiseitige Ausklapptafel, 55 Farbfotos, 139 Zeichnungen, kart. ●●●

**Lenkdrachen**
bauen und fliegen
(**1011**-7) Von W. Schimmelpfennig, 64 S., 51 Farbf. und 126 Zeichnungen, kart. ●●

**Neue Lenkdrachen und Einleiner**
bauen und fliegen
(**1353**-1) Von W. Schimmelpfennig, 80 S., zahlr. Farbabbildungen, kart. ●●●

**Drachen**
Einfache Modelle für Kinder
(**5156**-5) Von W. Schimmelpfennig, 32 S., 11 Farbfotos, 31 Zeichnungen, mit Vorlagebogen, kart. ●

Das große farbige
**Bastelbuch für Kinder**
(**4254**-X) Von U. Barff, I. Burkhardt, J. Maier, 224 S., 157 Farbf., 430 Farb- und 60 s/w-Zeichn., m. Schnittmusterbg., Pappband. ●●●

**Origami**
Tiere aus aller Welt
(**5250**-2) Von J. Maier, 32 S., 19 Farbfotos, 68 Farb- u. 16 s/w-Zeichnungen, kart. ●

**Hobby Origami**
Papierfalten für groß und klein
(**0756**-6) Von Z. Aytüre-Scheele, 80 S., 820 Farbfotos, kart. ●●

**Neue zauberhafte Origami-Ideen**
Papierfalten für groß und klein
(**0805**-8) Von Z. Aytüre-Scheele, 80 S., 720 Farbfotos, kart. ●●

**Zauberwelt Origami**
Tierfiguren aus Papier
(**1045**-1) Von Z. Aytüre-Scheele, 80 S., 660 Farbfotos, kartoniert. ●●

Kreatives Gestalten mit **Papiermaché**
(**5246**-4) Von B. Jetzek-Berkenhaus, 32 S., ca. 50 Farbf., mit Vorlagebg. in Originalgröße, kartoniert. ●

**Marmorieren**
Muster · Techniken · Gestaltungsideen
(**5247**-2) Von T. Hartel, 32 S., ca. 50 Farbf., mit Vorlagebg. in Originalgröße, kart. ●

**Heut basteln wir mit Pappe und Papier**
(**4413**-5) Von U. Barff, J. Maier, 224 S., 117 Farbfotos, 480 Farbzeichn., 25 s/w-Abb., mit Schnittmusterbogen, Pappband. ●●●

**Das große farbige Bastel- und Werkbuch**
(**4439**-9) Von D. Rex, 256 S., 999 Farbfotos, 33 Farbzeichnungen, Pappband. ●●●●

Mein liebstes Spiel- und Bastelbuch
**Die Welt der Dinosaurier**
Tiere und Landschaften zum Selbermachen
Ausbrechen, aufstellen, spielen
(**4478**-X) Von B. Burkart, 8 Blatt mit herauslösbaren Motiven, 280-g-Karton mit Stanzung, 8 S. Bastelanleitung und Sachinformation. ●●

Das große farbige
**Dinosaurierbastelbuch**
(**4686**-3) Von S. Koter, ca. 128 S., zahlr. Farbabb., Vorlagebogen, Pappband. ●●●

**Fensterbilder in Scherenschnitt**
(**5169**-7) Von A. Hahn, 32 S., 52 Farbfotos, 3 s/w-Fotos, mit Vorlagebogen in Originalgröße, kartoniert. ●

**Fensterbilder**
**Meine Lieblingstiere**
(**5197**-2) Von Y. Thalheim, H. Nadolny, 32 S., 38 Farbfotos, mit Vorlagebogen in Originalgröße, kartoniert. ●

**Fensterbilder Lustige Tiere**
(**5210**-3) Von F. Michalski, 32 S., 47 Farbfotos, mit Vorlagebogen in Originalgröße, kart. ●

**Fensterbilder Bauernhof**
(**5264**-2) Von D. Köhnen, 32 S., zahlr. Farbabb., Vorlagebogen, kartoniert. ●

**Fensterbilder Dinosaurier**
(**5260**-X) Von C. Hüfner, 32 S., 8 Farbfotos, 47 Farbzeichnungen, Bastelbogen, kart. ●

Mit Farben und Papieren
**Fenster dekorieren**
(**5255**-3) Von K. Groß, 32 S., 8 Farbfotos, 59 Farbzeichnungen, kart. ●

**Originelle Fensterbilder**
aus Tonpapier und Tonkarton
(**1305**-1) Von D. Köhnen, 64 S., 70 Farbfotos, kartoniert. ●●

**Die schönsten Fensterbilder**
(**1066**-4) Von C. Kimmerle, 64 S., 100 Farbfotos, 7 Zeichnungen, kartoniert. ●●

**Das Fensterbilder-Alphabet**
Basteln mit Kindern ab 5 Jahren
(**5242**-1) Von E. Bohne, 32 S., ca. 50 Farbabb., mit Vorlagebogen in Originalgröße, kart. ●

**Märchenhafte Fensterbilder**
(**5185**-9) Von J. Maier, 32 S., 37 Farbfotos, mit Vorlagebogen in Originalgröße, kart. ●

**Fensterbilder Blumen und Tiere**
(**5186**-7) Von M. Twachtmann, 32 S., 41 Farbfotos, 3 Zeichnungen, mit Vorlagebogen in Originalgröße, kartoniert. ●

**Fensterbilder rund um die Welt**
(**1411**-2) Von D. Köhnen, ca. 64 S., 2 Vorlagebogen, kartoniert. ●●

**Fensterbilder Zahlen**
(**5268**-5) Von E. Bohne, 32 S., zahlr. Farbabbildungen, Vorlagebogen, kartoniert. ●

**Fensterbilder Strand und Meer**
(**5266**-9) Von B. Alex, 32 S., 57 Farbfotos, Vorlagebogen, kartoniert. ●

**Fensterschmuck**
Originelle Ideen für Dekorationen und Fensterbilder
(**1241**-1) Von D. Köhnen, 64 S., ca. 70 Farbfotos, Vorlagebogen, kart. ●●

**Papierflieger**
(**5157**-3) Von T. Gött, 32 S., 73 Farbfotos, 19 Zeichnungen, mit Vorlagebogen in Originalgröße, kart. ●

**Windspielzeug**
Bastelspaß mit Kindern ab 5 Jahren
(**5241**-3) Von D. Köhnen, 32 S., ca. 50 Farbabb., mit Vorlagebogen in Originalgröße, kartoniert. ●

**Flieger und Schiffe aus Papier**
falten, ausbalancieren und steuern
(**1410**-4) Von C. Hüfner, ca. 80 S., zahlr. Farbabb., kartoniert. ●●

**Faltschnitte**
(**5257**-X) Von B. Blankenburg, 32 S., 12 Farbfotos, 42 Farbzeichnungen, Vorlagebogen, kartoniert. ●

**Laternen und Lampions**
(**5206**-5) Von C. Hüfner, 32 S., 60 Farbfotos, mit Vorlagebogen in Originalgröße, kart. ●

**Mobiles aus Papier**
(**5183**-2) Von J. Maier, 32 S., 17 Farbfotos, 35 Farbzeichnungen, mit Vorlagebogen in Originalgröße, kartoniert. ●

**Tiermobiles**
(**5258**-8) Von C. Hüfner, 32 S., 57 Farbzeichnungen, Vorlagebogen, kart. ●

**Bastelideen für Indianerspiele**
(**5252**-9) Von B. Nelich, D. Velte, 32 S., 38 Farbfotos, Vorlagebogen, kart. ●

Der große Verkleidungsspaß
**Kinderkostüme**
(**1304**-3) Von C. Baumgarten, 53 Farbfotos, 183 Farbzeichn., Vorlagebogen, kart. ●●

**Schachteln basteln und dekorieren**
(**5170**-0) Von Chr. Adjano, 32 S., 55 Farbfotos, mit Vorlagebogen in Originalgröße, kart. ●

**Lustige Geschenk- und Schultüten**
(**5263**-4) Von F. Michalski, 32 S., 26 Farbfotos, Vorlagebogen, kartoniert. ●

Deco Art
**Die Kunst, Geschenke zu verpacken**
(**0949**-6) Von B. Niermann, 80 S., 78 Farbfotos, 191 Zeichnungen, kart. ●●

**Geschenke wunderschön verpacken**
(**1113**-X) Von P. Jansen, 80 S., 79 Farbfotos, 166 Farbzeichnungen, kart. ●●

**Geschenke umweltfreundlich verpacken**
(**1240**-3) Von P. Jansen, 64 S., vierfarbige Fotos und Illustrationen, kart. ●●

**Geldgeschenke**
phantasievoll gestalten
(**5251**-0) Von P. Jansen, 32 S., 49 Farbfotos, Vorlagebogen, kart. ●

**Geldgeschenke · Gutscheine · Geschenkanhänger**
originell gestalten und verpacken
(**1115**-6) Von S. Haenitsch-Weiß, A. Weiß, 80 S., 176 Farbfotos, kart. ●●

**Geschenke verpacken für Kinderfeste**
(**5195**-6) Von C. Netolitzky, 32 S., 43 Farbf., mit Vorlagebogen in Originalgröße, kart. ●

Originelles Ambiente für Gäste
**Festdekorationen**
(**1049**-4) Von B. Niermann, 80 S., 125 Farbfotos, 59 Farbzeichn., kartoniert. ●●

**Dekorative Schleifen**
aus Bändern und Papier
(**5205**-7) Von M. Schorege, 32 S., 28 Farbfotos, 31 Farbzeichnungen, mit Vorlagebogen in Originalgröße, kartoniert. ●

Dekorieren und Arrangieren mit
**Seidenblumen**
(**5200**-6) Von M. L. Sprang, 32 S., 37 Farbfotos, 14 Farbzeichnungen, mit Vorlagebogen in Originalgröße, kartoniert. ●

**Schmuck- und Glückwunschkarten**
Papierarchitektur · Collagen · Faltschnittkarten
(**1114**-8) Von C. Sanladerer, 64 S., 55 Farbfotos, 31 Zeichnungen, kart. ●●

**Einladungs-, Tisch- und Menükarten**
selbst gestalten
(**1302**-7) Von S. Haenitsch-Weiß, 80 S., zahlreiche Farbabbildungen, kart. ●●

Der neue Bastelspaß
**Moosgummi**
(**1354**-X) Von S. Boczkowski-Sigges, 64 S., zahlr. Farbabb., kartoniert. ●●

**Osterschmuck**
Neue Ideen für Kränze, Sträuße, Gestecke
(**5267**-7) Von I. Gleim, ca. 32 S., zahlreiche Farbabbildungen, kartoniert. ●

**Ostereier originell dekorieren**
(**5219**-7) Von W. Velte, 32 S., 44 Farbfotos, mit Vorlagebogen in Originalgröße, kart. ●

**Dekorationen für Ostern**
(**5198**-0) Von Y. Thalheim, H. Nadolný, 32 S., 48 Farbfotos, mit Vorlagebogen in Originalgröße, kartoniert. ●

**Fensterbilder für die Osterzeit**
(**5244**-8) Von R. Lübke, D. Lübke, 32 S., ca. 50 Farbfotos, mit Vorlagebogen in Originalgröße, kart. ●

**Basteln für Ostern**
(**5164**-6) Von Chr. Adjano, 32 S., 47 Farbfotos, mit Vorlagebogen in Originalgröße, kart. ●

**Ostereier**
Basteln mit Kindern ab 5 Jahren
(**5243**-X) Von Vera Ettelt, 32 S., mit Spielebogen, kartoniert. ●

**Tischdekorationen für Ostern**
(**5220**-0) Von Chr. Adjano, 32 S., 49 Farbfotos, mit Vorlagebogen in Originalgröße, kartoniert. ●

Basteln und dekorieren für
**Advent und Weihnachten**
(**4446**-1) Von G. Teusen, C. Netolitzky, 176 S., 285 Farbfotos, mit Bastelvorlagebogen, Pappband. ●●●

**Kinderbastelbuch**
für Advent und Weihnachten
(**4687**-1) Von S. Wetzel-Maesmanns, 104 S., ca. 120 Farbfotos, ca. 300 Anleitungsillustrationen, Vorlagebogen, Pappband. ●●

Lustige Bastelideen für die
**Weihnachtszeit**
(**5256**-1) Von B. Löschenkohl, 32 S., 8 Farbf., 69 Farbzeichn., Vorlagebogen, kart. ●

**Basteln für Weihnachten**
(**5162**-X) Von Chr. Adjano, 32 S., 44 Farbfotos, mit Vorlagebogen in Originalgröße, kart. ●

**Fensterbilder Winter und Weihnachten**
(**5275**-8) Von F. Michalski, 48 S., ca. 28 Farbfotos, Vorlagebogen, kartoniert. ●

**Fensterdekorationen für die Weihnachtszeit**
(**5181**-6) Von Y. Thalheim, H. Nadolny, 32 S., 33 Farbfotos, mit Vorlagebogen in Originalgröße, kartoniert. ●

**Fensterbilder für Advent und Weihnachten**
(**5211**-1) Von M. Schorege, 32 S., 24 Farbfotos, 15 Zeichnungen, mit Vorlagebogen in Originalgröße, kartoniert. ●

**Strohsterne**
in bunter Vielfalt
(**5273**-1) Von M. Schorege, 48 S., zahlr. Farbabb., Vorlagebogen, kartoniert. ●

**Adventskalender**
(**5178**-6) Von Y. Thalheim, H. Nadolny, 32 S., 35 Farbfotos, mit Vorlagebogen in Originalgröße, kartoniert. ●

**Duftender Weihnachtsschmuck**
aus Tonpapier und Potpourris
(**5254**-1) Von S. Wetzel-Maesmanns, 32 S., 38 Farbfotos, Vorlagebogen, kartoniert. ●

**Duftsträuße und Potpourris**
(**1239**-X) Von A. Effelsberg, 80 S., ca. 200 vierfarbige Abb., kartoniert. ●●

**Potpourris**
Rezepturen und Geschenkideen
(**5265**-0) Von U. Altmann, 32 S., zahlr. Farbabb., kartoniert. ●

**Trockenblumenideen**
Gewürzsträuße, Gestecke, Kränze, Buketts
(**0643**-8) Von R. Strobel-Schulze, 88 S., 170 Farbfotos, kartoniert. ●●

**Phantasievolles Schminken**
Verzauberte Gesichter für Maskeraden, Laienspiele und Kinderfeste
(**0907**-0) Hrsg.: H. u. Y. Nadolny, 64 S., 227 Farbfotos, kartoniert. ●●

**Schminken für Kinder**
(**5177**-8) Von Y. Thalheim, H. Nadolny, 32 S., 68 Farbfotos, mit Vorlagebogen in Originalgröße, kartoniert. ●

## Do it yourself und Technik

**Moderne Fotopraxis**
(**4401**-1) Von G. Koshofer, Prof. H. Wedewardt, 224 S., 363 Farbfotos, 106 s/w-Fotos, 5 Farb- und 24 s/w-Zeichnungen, Pappband. ●●●●

**Mach dir ein Bild**
Praxistips für Foto, Film und Video
(**4410**-0) Von G. Staab, 208 S., 202 Farbfotos, 175 s/w-Fotos, 1 Zeichnung, Pappband. ●●●●

**So macht man bessere Fotos**
(**1158**-X) Von G. Koshofer, 144 S., 259 Farbfotos, 25 s/w-Fotos, kartoniert. ●●

**Videografieren**
Filmen mit Video 8. Technik – Bildgestaltung – Schnitt – Vertonung.
(**0843**-0) Von M. Wild, K. Möller, 120 S., 101 Farbfotos, 22 s/w-Fotos, 52 Zeichnungen, kart. ●●●

**Videografieren perfekt**
Profitricks für Aufnahmetechnik und Nachbearbeitung
(**0969**-0) Von W. Schild, 120 S., 144 Farbabb., 5 s/w-Zeichnungen, kart. ●●●

**Videofilmen wie ein Profi**
Technik · Motive · Filmaufbau · Nachbearbeitung
(**4506**-9) Von T. Pehle, 232 S., 444 Farbfotos, 61 zweifbg. Zeichnungen, Pappband. ●●●●

Do it yourself
**Heimwerken**
(**4117**-9) Von T. Pochert, 456 S., 1103 Farbfotos, 100 Farbabb., Pappband. ●●●●

**Drechseln**
Material · Technik · Beispiele
(**1306**-X) Von O. Maier, 72 S., 195 Farbabbildungen, 14 s/w-Zeichnungen, kart. ●●

Do it yourself
**Dachgeschoß- und Innenausbau**
(**1243**-8) Von M. Maurer, 96 S., 314 Farbf., 35 Zeichn., kartoniert. ●●

Do it yourself
**Sanitärinstallationen**
(**1118**-0) Von W. Kawlath, 96 S., 214 Farbabbildungen, kartoniert. ●●

Do it yourself
**Metall bearbeiten**
(**1119**-9) Von O. Maier, 96 S., 230 Farbfotos, 6 s/w-Zeichnungen, kartoniert. ●●

Do it yourself
**Elektroarbeiten**
(**0975**-5) Von K. H. Schubert, 120 S., 193 Farbfotos, 40 Zeichnungen, kartoniert. ●●

**Möbel im Designer-Stil**
entwerfen und bauen
(**1360**-4) Von H.-W. Bastian, ca. 64 S., zahlr. Farbabb., kartoniert. ●●●

**Schnitzen**
Hölzer · Muster · Werkzeuge
(**1414**-7) Von O. Maier, ca. 64 S., zahlr. Farbabb., kartoniert. ●●

**Modellbauelektronik**
Fernsteuerungen für Autos, Schiffe, Flugzeuge
(**1361**-2) Von W. Kawlath, 80 S., zahlr. Farbabbildungen, kartoniert. ●●

**Alarmanlagen**
für Wohnung, Haus, Auto
(**1308**-6) Von H.-W. Bastian, 64 S., 81 Farbf., 32 Zeichn., kartoniert. ●●

**Hifi-Boxen**
(**1307**-8) Von U. Hilgefort, 96 S., 160 Farbf., 49 Zeichn., kart. ●●

**Technik im Garten**
Pumpen · Filter · Beleuchtung
(**1238**-1) Von H.-W. Bastian, 64 S., 90 Farbf., 17 Farbzeichnungen, kartoniert. ●●

**Restaurieren von Möbeln**
Stilkunde, Materialien, Techniken, Arbeitsanleitungen in Bildfolgen.
(**4120**-9) Von E. Schnaus-Lorey, 152 S., 37 Farbf., 75 s/w-Fotos, 352 Zeichnungen, Pappband. ●●●●

**Elektronik als Hobby**
Von der Grundlagenschaltung zum integrierten Schaltkreis
Mit 8 wichtigen Universalplatinen
(**4293**-0) Von W. Priesterath, 264 S., 80 s/w-Fotos, 128 Zeichn., Pappband. ●●●●

**Die Super-Sportwagen der Welt**
(**4423**-2) Von H. G. Isenberg, 194 S., 184 Farbfotos, 4 farbige Ausklapptafeln, 32 s/w-Fotos, Pappband. ●●●●

**Die Super-Rennwagen der Welt**
(**4707**-X) Von H. G. Isenburg, 194 S., 189 Farbfotos, 31 s/w-Fotos, Pappband. ●●●●

**Die Super-Trucks der Welt**
(**4257**-4) Von H. G. Isenberg, 194 S., 205 Farbfotos, 87 s/w-Fotos, 7 Farbzeichnungen, 4 farb. Ausklapptafeln, Pappband. ●●●●

**Die Super-Motorräder der Welt**
(**4193**-4) Von H. G. Isenberg, 192 S., 170 Farb- und 100 s/w-Fotos, 8 Zeichnungen, Pappband. ●●●●

**Die Super-Eisenbahnen der Welt**
(**4287**-6) Von W. Kosak, H. G. Isenberg, 224 S., 269 Farbfotos, 79 s/w-Fotos, 8 Vignetten, 5 farb. Ausklapptafeln, Pappband. ●●●●

**Die Super-Dampfloks der Welt**
(**4480**-1) Von H. Faust, H. G. Isenberg, 194 S., 193 Farbfotos, mit vier Ausklapptafeln, Pappband. ●●●●

**Plastikmodellbau**
Autos, Schiffe, Flugzeuge in vollendeter Technik.
(**1116**-4) Von W. Kawlath, 96 S., 272 Farbabbildungen, kartoniert. ●●

# Spiele und Denksport

**Spielbare Witze für Kinder**
(**0824**-4) Von H. Schmalenbach, 112 S., 30 Zeichnungen, kart. ●

**Neue spielbare Witze für Kinder**
(**1173**-3) Von H. Schmalenbach, 96 S., 31 Zeichnungen, kart. ●

**Scherzfragen, Drudel und Blödeleien**
gesammelt von Kindern.
(**0506**-7) Hrsg. von W. Pröve, 80 S., 57 Zeichnungen, kart. ●

**Kinderspiele**
die Spaß machen
(**2009**-0) Von H. Müller-Stein, 104 S., 28 Abbildungen, kart. ●

**Kinderspiele mit Buchstaben und Wörtern**
(**1041**-9) Von Dr. U. Vohland, 96 S., 54 Zeichnungen, kartoniert. ●

**Spiel und Spaß am Krankenbett**
für Kinder und die ganze Familie
(**2035**-X) Von H. Bücken, 96 S., 97 Zeichnungen, kart. ●

**Spiele im Freien**
(**2038**-4) Von G. Wagner, 88 S., 20 zweif. Zeichnungen, kartoniert. ●

**Spiel und Spaß zu Hause**
(**2039**-2) Von U. Geißler, 80 S., 90 zweifbgAbbildungen, kartoniert. ●

**Spiel und Spaß auf Reisen**
Für Kinder und die ganze Familie
(**1085**-0) Von U. Geißler, 80 S., 107 zweifbg.-Zeichnungen, kartoniert. ●

**Kleine Spiele ganz groß**
(**1330**-2) Von U. Vohland, 80 S., 93 s/w-Zeichnungen, kart. ●

**Entdeckungsspiele für die ganze Familie**
Rallyes zu Fuß und mit dem Fahrrad
(**1393**-0) Von U. Vohland, 96 S., 117 Zeichnungen, kartoniert. ●●

**Kinder spielen Theater**
(**4696**-0) Von G. Walter, 160 S., zahlr. Farbabb., Pappband. ●●●

**Guten Tag, Kinder!**
Neue Texte mit Spielanleitungen fürs Kasperletheater.
(**0861**-9) Von U. Lietz, 96 S., 18 s/w-Zeichnungen, kart. ●

**Kasperletheater**
Spieltexte und Spielanleitungen · Basteltips für Theater und Puppen.
(**0641**-1) Von U. Lietz, 114 S., 4 Farbtafeln, 12 s/w-Fotos, 39 Zeichnungen, kart. ●

**Kindergeburtstage, die keiner vergißt**
Planung, Gestaltung, Spielvorschläge.
(**0698**-5) Von G. und G. Zimmermann, 104 S., 80 Vignetten, kart. ●

**Kindergeburtstag**
Vorbereitung, Spiel und Spaß.
(**0287**-4) Von Dr. I. Obrig, 136 S., 40 Abb., 11 Zeichn., 9 Lieder mit Noten, kart. ●●

**Unvergeßliche Kindergeburtstage**
(**4705**-3) Von G. Hennekemper, 176 S., 116 Farbfotos, 134 Farbzeichn., Pappband. ●●●

**Unvergeßliche Kinderfeste**
Tolle Dekorationen, Spiele, Sketche für drinnen und draußen
(**4457**-7) Von Dr. G. Hennekemper, 192 S., 111 Farbfotos, 214 Farb- und 14 s/w-Zeichn., 4 S. Schnittmuster, Pappband. ●●●

**Spielen mit den Allerkleinsten**
(**4691**-X) Von S. Horak, ca. 112 S., zahlr. Farbabb., Pappband. ●●●

**Lauter tolle Sachen, die Kinder gerne machen**
(**4731**-2) Hrsg. U. Barff., 352 S., 117 Farbf., 778 Farbzeichn., Pappband. ●●●

**Das große bunte Spielebuch**
für Kinder von 2 bis 6 Jahren
(**4543**-3) Von R. Grabbet, 160 S., 312 Farbabbildungen, Pappband. ●●●

**Neues Buch der siebzehn und vier Kartenspiele**
(**0095**-2) Von K. Lichtwitz, 96 S., kartoniert. ●

**Alles über Pokern**
Regeln und Tricks.
(**2024**-4) Von C. D. Grupp, 112 S., 29 Kartenbilder, kart. ●

**Rommé und Canasta**
in allen Variationen.
(**2025**-2) Von C. D. Grupp, 88 S., 24 Zeichnungen, kart. ●

**Doppelkopf, Schafkopf,** Binokel, Cego, Tarock und andere Stammtischspiele.
(**2015**-5) Von C. D. Grupp, 112 S., kart. ●

**Black Jack**
Regeln und Strategien des Kasinospiels.
(**2032**-3) Von K. Kelbratowski, 88 S., kart. ●

**Das Skatspiel**
Eine Fibel für Anfänger
(**0206**-8) Von K. Lehnhoff, 96 S., kartoniert. ●

**Spielend Skat lernen**
unter freundlicher Mitarbeit des Deutschen Skatverbandes
(**2005**-8) Von Th. Krüger, 120 S., 181 s/w-Fotos, 22 Zeichn., kart. ●●

**Patiencen**
in Wort und Bild. (**2003**-1) Von I. Wolter-Rosendorf, 120 S., kart. ●

**Neue Patiencen**
(**2036**-8) Von H. Sosna, 160 S., 43 Farbtafeln, kart. ●●

**Spielend Bridge lernen**
(**2012**-0) Von J. Weiss, 96 S., 58 Zeichnungen, kartoniert. ●

**Spieltechnik im Bridge**
(**2004**-X) Von V. Mollo und N. Gardener, dt. Adaption von D. Schröder, 152 S., kart. ●●●

**Neue Kartentricks**
(**2027**-9) Von K. Pankow, 104 S., 20 Abb., kart. ●

**Das japanische Brettspiel Go**
(**2020**-1) Von W. Dörholt, 104 S., 182 Diagramme, kart. ●

**Spielend Go lernen**
(**2041**-4) Von H. Otake, S. Futakuchi, ca. 186 S., kartoniert.

**Mah-Jongg**
Das chinesische Glücks-, Kombinations- und Gesellschaftsspiel. (**2030**-9) Von U. Eschenbach, 80 S., 30 s/w-Fotos, 5 Zeichn., kart. ●

**Backgammon**
für Anfänger und Könner. (**2008**-2) Von G. W. Fink und G. Fuchs, 104 S., 41 Abb., kart. ●

**Einführung in das Schachspiel**
(**0104**-5) Von W. Wollenschläger und K. Colditz, 112 S., 116 Diagramme, kart. ●

**Schach, das königliche Spiel**
Von den Grundzügen zum strategischen Spiel.
(**1105**-9) Von T. Schuster, 192 S., 302 Diagramme, kart. ●●

**Spielend Schach lernen**
(**2002**-3) Von T. Schuster, 96 S., , kartoniert. ●

**Kinder- und Jugendschach**
Offizielles Lehrbuch des Deutschen Schachbundes zur Erringung der Bauern-, Turm- und Königsdiplome.
(**0561**-X) Von B. J. Withuis, H. Pfleger, 144 S., 220 Zeichnungen und Diagramme, kart. ●●

**Zug um Zug**
**Schach für jedermann 1**
Offizielles Lehrbuch des Deutschen Schachbundes zur Erringung des Bauerndiploms.
(**0648**-9) Von H. Pfleger, E. Kurz, 80 S., 24 s/w-Fotos, 8 Zeichnungen, 60 Diagramme, kartoniert. ●

**Zug um Zug**
**Schach für jedermann 2**
Offizielles Lehrbuch des Deutschen Schachbundes zur Erringung des Turmdiploms.
(**0659**-4) Von H. Pfleger, E. Kurz, 128 S., 7 s/w-Fotos, 13 Zeichn., 78 Diagr., kart. ●●

**Zug um Zug**
**Schach für jedermann 3**
Offizielles Lehrbuch des Deutschen Schachbundes zur Erringung des Königsdiploms.
(**0728**-0) Von H. Pfleger, G. Treppner, 128 S., 4 s/w-Fotos, 84 Diagr., 10 Zeichn., kart. ●●

**Schach für Fortgeschrittene**
Taktik und Probleme des Schachspiels
(**0219**-X) Von R. Teschner, 88 S., 85 Diagramme, kartoniert. ●

**Neue Schacheröffnungen**
(**0478**-8) Von T. Schuster, 104 S., 100 Diagramme, kart. ●

**Würfelspiele**
für jung und alt. (**2007**-4) Von F. Pruss, 112 S., 21 s/w-Zeichnungen, kart. ●

**Roulette richtig gespielt**
Systemspiele, die Vermögen brachten.
(**0121**-5) Von M. Jung, 96 S., zahlreiche Tabellen, kart. ●

**Spiele für Party und Familie**
(**2014**-7) Von Rudi Carrell, 80 S., 22 Zeichnungen, kart. ●

**Neue Spiele für Ihre Party**
(**2022**-8) Von G. Blechner, 120 S., 54 Zeichnungen, kartoniert. ●

**Lustige Tanzspiele und Scherztänze**
für Partys und Feste.
(**0165**-7) Von E. Bäulke, 80 S., 53 Abb., kart. ●

Das Spiel mit der Schwerkraft
**Jonglieren**
Mit Bällen, Keulen, Ringen und Diabolo.
(**1009**-5) Von S. Peter, 80 S., 149 Farbfotos, kartoniert. ●

**Zaubern**
einfach – aber verblüffend.
(**2018**-X) Von D. Bouch, 84 S., 41 Zeichnungen, kart. ●

**Tips, Tricks und Gewinnstrategien für Game-Boy-Spiele**
(**1235**-7) Von René Zey, 176 S., 100 Zeichnungen, kart. ●●

**Neue Game-Boy-Spiele**
Sport, Action und Adventure
(**1325**-6) Von R. Zey, 176 S., 21 s/w-Zeichnungen, kart. ●●

**Alles über Super-Nintendo-Spiele**
Technik, Tips und Facts
(**1340**-X) Von D. Mark, 104 S., zahlreiche Farbabbildungen, kart. ●●

**Das 3. Glücksrad Rätselbuch**
(**1391**-4) Ca. 176 S., kartoniert. ●●

**Rätselspiele**
Quiz- und Scherzfragen für gesellige Stunden
(**1270**-5) Von K. H. Schneider, ca. 80 S., ca. 80 s/w-Abb., kart. ●

**Knobeleien und Denksport**
(**2019**-8) Von K. Rechberger, 142 S., 105 Zeichnungen, kart. ●

**So feiert man Feste fröhlicher**
Heitere Vorträge und Gedichte
(**0098**-7) Von Dr. Allos, 96 S., 15 Abb., kart. ●

**Die große Lachparade**
Neue Texte für heitere Vorträge und Ansagen
(**0188**-6) Von E. Müller, 80 S., kart. ●

# Rat und Wissen

**Der gute Ton**
in Gesellschaft und Beruf.
(**0063**-4) Von I. Wolter, 80 S., 42 s/w-Fotos, 7 Zeichnungen, kartoniert. ●

**Der gute Ton**
im Privatleben.
(**1111**-3) Von I. Wolter, bearbeitet von Wolf Stenzel, 104 S., 42 s/w-Abb., kart. ●

**Umgangsformen heute**
Die Empfehlungen des Fachausschusses für Umgangsformen.
(**4015**-6) 252 S., 108 s/w-Fotos, 17 Zeichnungen, Pappband. ●●●

**Benehmen bei Tisch**
(**0988**-7) Von I. Cording, 80 S., 90 Farbfotos, 5 s/w-Zeichnungen, kartoniert. ●●

**Krawatten**
Fliegen, Schals und Tücher gekonnt binden
(**1072**-9) Von Y. Thalheim, H. Nadolny, 48 S., 129 Farbfotos, 1 s/w-Foto, Pappband. ●

freundin
**Farbberatung**
Alle Farben, die Ihnen wirklich stehen
(**4520**-4) Von Chr. Buscher, 128 S., 175 Farbfotos, Pappband. ●●●●

freundin
**Das perfekte Make-up**
(**4727**-4) Von M. Rüdiger, H. Kirchberger, G. Mergenburg, 128 S., 271 Farbfotos, Pappband. ●●●●

freundin Ratgeber
**Hochzeit feiern**
(**4702**-2) Von C. von Hoerner-Nitsch, I. Weber, K. Riebartsch, C. von Bernuth, 128 S., 188 Farbf., 28 s/w-Fotos, Pappband. ●●●●

freundin
**Typ & Frisur**
(**4695**-2) Von E. Bolz, 128 S., zahlr. Farbabb., Pappband. ●●●●

**Gedichte, Reden und Sketche**
für grüne, silberne u. goldene Hochzeitstage
(**1269**-1) Von F. Rieder, 160 S., durchgehend vierfarbig, Pappband. ●●

**Wir heiraten**
Ratgeber zur Vorbereitung und Festgestaltung der Verlobung und Hochzeit.
(**4188**-8) Von C. Poensgen, 216 S., 8 s/w-Fotos, 30 s/w-Zeichnungen, 8 Farbtafeln, Pappband. ●●●

**Von der Verlobung zur Goldenen Hochzeit**
(**0393**-5) Von E. Runge, 112 S., kartoniert. ●

**Hochzeitszeitungen**
Tolle Ideen für Leute von heute
(**1379**-5) Ca. 80 S., zahlr. zweifbg. Abbildungen, kartoniert. ●●

**Die Silberhochzeit**
Vorbereitung · Einladung · Geschenkvorschläge · Dekoration · Festablauf · Menüs · Reden · Glückwünsche. (**0542**-3) Von K. F. Merkle, 112 S., 41 Zeichnungen, kart. ●

**Geburtstagsfeiern für jedes Alter**
Planung und Festgestaltung
(**1382**-5) Von S. Ahrndt, 120 S., 145 Farbfotos, 28 Farbzeichnungen, kart. ●●

**Geburt und Taufe feiern**
Planung und Festgestaltung
(**1443**-0) Von S. Ahrendt, ca. 128 S., ca. 90 Farbabb., kartoniert. ●●

**Wie soll es heißen?**
(**0211**-4) Von D. Köhr, 136 S., kartoniert. ●

**Unsere beliebtesten Vornamen**
(**1023**-0) Von A. F. W. Weigel, 160 S., 75 s/w-Fotos, Pappband. ●●

**Kindergedichte, Lieder und Sketche für Hochzeitsfeiern**
(**1112**-1) Von B. Lins, 72 S., 26 farbige Abbildungen, 15 Lieder, kartoniert. ●

**Neue Kindergedichte und Lieder für Hochzeitsfeste**
(**1431**-7) Von A. Schweiggert, ca. 80 S., kart. ●

**Kindergedichte rund ums Jahr**
(**1040**-0) Von A. Schweiggert, 80 S., 49 Zeichnungen, 6 Vignetten, kartoniert. ●

**Ins Gästebuch geschrieben**
(**0576**-8) Von K. H. Trabeck, 96 S., 24 Zeichnungen, kartoniert. ●

**Der Verseschmied**
Kleiner Leitfaden für Hobbydichter.
(**0597**-0) Von T. Parisius, 96 S., 28 Zeichnungen, kartoniert. ●

**Mach' dir einen Reim**
Der moderne Verseschmied
(**1433**-3) Von G. Rudorf, ca. 160 S., Pappband. ●●

**Die schönsten Volkslieder**
(**0432**-X) Hrsg. D. Walther, 128 S., mit Noten und Zeichnungen, kartoniert. ●

Alte und neue
**Wanderlieder**
(**1268**-3) Von P. G. Walter, 96 S., zweifarbig, kartoniert. ●●

**Neue Glückwunschfibel**
für groß und klein.
(**0156**-8) Von R. Christian-Hildebrandt, 96 S., 13 Vignetten, kartoniert. ●

**Großes Buch der Glückwünsche**
(**0255**-6) Hrsg. von O. Fuhrmann, 176 S., 77 Zeichnungen und viele Gestaltungsvorschläge, kartoniert. ●●

Wetter und Wind ändern sich geschwind
**Beliebte Bauernregeln**
(**1267**-5) Von G. Haddenbach, ca. 80 S., ca. 30 zweifarbige Illustrationen, kart. ●

**Beliebte Verse fürs Poesiealbum**
Rosen, Tulpen, Nelken …
(**0431**-1) Von W. Pröve, 96 S., 11 Faksimile-Abb., kartoniert. ●

**Verse fürs Poesiealbum**
(**0241**-6) Von I. Wolter, 120 S., 20 Abbildungen, kartoniert. ●

Heiter und besinnliche
**Verse fürs Poesiealbum**
(**1069**-9) Von B. H. Bull, 160 S., 70 zweifarbige Illustrationen, Pappband. ●●

**Klassische Verse und Zitate**
Für Glückwünsche, Briefe, Reden und Poesiealben
(**1223**-3) Von P. Motzan, 224 S., 40 Abbildungen, Pappband. ●●

**Die Kunst der freien Rede**
Ein Intensivkurs mit vielen Übungen, Beispielen und Lösungen.
(**4189**-6) Von G. Hirsch, 232 S., 11 Zeichnungen, Pappband. ●●●

**Trinksprüche, Gästebuchverse, Richtsprüche**
(**0224**-6) Von D. Kellermann, 96 S., kart. ●

**Glückwünsche, Toasts und Festreden zu Polterabend und Hochzeit**
(**0264**-5) Von I. Wolter, 112 S., 18 Zeichnungen, kartoniert. ●

**Trinksprüche und Festreden**
(**1321**-3) Von L. Metzner, 144 S., 13 zweifarbige Zeichnungen, Pappband. ●●

**Grußworte**
für Gemeindefeiern, Vereinsjubiläen und andere offizielle Anlässe
(**4741**-X) Von M. Adam, 192 S., ca. 15 Illustrationen, Pappband. ●●

**Moderne Reden und Ansprachen**
(**4742**-8) Von M. Adam, 464 S., Pappband. ●●●●

**Reden zu Familienfesten**
Musteransprachen für viele Gelegenheiten
(**0675**-6) Von G. Georg, 112 S., kartoniert. ●

**Reden im Verein**
Musteransprachen für viele Gelegenheiten
(**0703**-5) Von G. Georg, 112 S., kartoniert. ●

**Reden zum Jubiläum**
Musteransprachen für viele Gelegenheiten
(**0595**-4) Von G. Georg, 112 S., kartoniert. ●

**Reden und Sprüche zu Grundsteinlegung, Richtfest und Einzug**
(**0598**-0) Von A. Bruder, G. Georg, 96 S., kartoniert. ●

**Die überzeugende Rede**
Mehr Erfolg durch bessere Rhetorik
(**0076**-6) Von K. Wolter, G. Kunz, 96 S., kartoniert. ●

**Moderne Korrespondenz**
Handbuch für erfolgreiche Briefe
(**4014**-8) Von H. Kirst und W. Manekeller, 544 S., Pappband. ●●●●

**Musterbriefe**
für alle Gelegenheiten.
(**0231**-9) Hrsg. von O. Fuhrmann, 240 S., kartoniert. ●●

**Der moderne Brief**
Geschäfts- und Privatkorrespondenz empfängerorientiert schreiben
(**1440**-6) Von Dr. G. Reinert-Schneider, ca. 144 S., ca. 15 s/w-Zeichn., kartoniert. ●●

**Geschäftsbriefe**
zeitgemäß und stilsicher
(**1323**-X) Von G. Briese-Neumann, 152 S., kartoniert. ●●

**Geschäftliche Briefe**
für Privatleute, Handwerker und Kaufleute
(**0041**-3) Von G. Briese-Neumann, ca. 120 S., kartoniert. ●

FALKEN-Software
**Musterkorrespondenz in Deutsch, Englisch, Französisch, Italienisch, Spanisch**
(**7041**-1) Diskette 5 1/4" für IBM-PC + Kompatible, mit Begleitbroschüre. ●●●●*
(**7051**-9) Diskette 3 1/2" für IBM-PC + Kompatible, mit Begleitbroschüre. ●●●●*

**Privatbriefe**
Muster für alle Gelegenheiten.
(**0114**-2) Von I. Wolter-Rosendorf, 112 S., kartoniert ●

**Erfolgstips für den Schriftverkehr**
Briefgestaltung · Rechtschreibung · Zeichensetzung · Stil. (**0678**-0) Von U. Schoenwald, 112 S., kart. ●

**Behördenkorrespondenz**
Musterbriefe · Anträge · Einsprüche
(**0412**-5) Von E. Ruge, 112 S., kart. ●

**Worte und Briefe der Anteilnahme**
(**0464**-8) Von E. Ruge, M. Adam, 88 S., mit vielen Abb., kart. ●

**Briefe zu Geburt und Taufe**
Glückwünsche und Danksagungen. (**0802**-3) Von H. Beitz, 96 S., 12 Zeichnungen, kart. ●

**FALKEN Rechtsberater**
Fallbeispiele · Musterbriefe · Gerichtsurteile
(**4734**-7) Hrsg. S. von Hasseln, 756 S., Pappband. ●●●●

**Alles, was man über Erziehungsgeld, Mutterschutz, Erziehungsurlaub wissen muß**
Das neue Recht für Eltern
(**0835**-X) Von K. Möcks, A. Schmitt, 144 S., kartoniert. ●●

**Alles, was man über die nichteheliche Lebensgemeinschaft wissen muß**
(**1071**-0) Von T. Drewes, 104 S., 8 s/w-Zeichnungen, kartoniert. ●●

**Scheidung und Unterhalt**
nach dem neuen Eherecht.
(**0403**-6) Von T. Drewes, 112 S., mit Kosten und Unterhaltstabellen, kart. ●

**Alles, was man über Scheidung und Unterhalt wissen muß**
(**1264**-0) Von T. Drewes, 128 S., kart. ●●

**Alles, was man über Renten wissen muß**
Mit Rentenreformgesetz 1992
(**1265**-9) Von K. Möcks, A. Schmitt, 112 S., kartoniert. ●●

Wolfgang Büsers Erfolgstips
**Rentenreform '92**
(**1244**-6) Von W. Büser, 80 S., kartoniert. ●

Wolfgang Büsers Erfolgstips
**Teilzeitarbeit**
(**1266**-7) Von W. Büser, 80 S., kart. ●●

Wolfgang Büsers Erfolgstips
**(Lohn-) Einkommensteuer '92**
Aktuell: Zinssteuer '93
(**1324**-8) Von W. Büser, 176 S., kart. ●●

**Vermögensbildung mit System**
Anlageformen · Strategien · Praxistips
(**1445**-7) Von W. Schwanfelder, ca. 160 S., kartoniert. ●●

**Alles, was man über BAföG wissen muß**
(**1387**-6) Von A. Mengeringhausen, 144 S., kartoniert. ●●

**Testament und Erbschaft**
Erbfolge, Rechte und Pflichten der Erben, Erbschafts- und Schenkungssteuer, Mustertestamente. (**4139**-X) Von T. Drewes, R. Hollender, 304 S., Pappband. ●●●

**Erbrecht und Testament**
(**0046**-4) Von H. Wandrey, 124 S., kart. ●

**Alles, was man über Testament und Erbschaft wissen muß**
(**0939**-9) Von T. Drewes, 136 S., 9 s/w-Zeichnungen, kart. ●●

**Mietrecht**
Leitfaden für Mieter und Vermieter
(**0479**-6) Von J. Beuthner, 196 S., kart. ●●

**Haushaltstips**
praktisch und umweltfreundlich
(**1046**-X) Von K. Winkell, 96 S., 36 Zeichnungen, kartoniert. ●

**Texte für den Anrufbeantworter**
(**1389**-2) Von G. Kunz, 80 S., 12 s/w-Zeichnungen, kartoniert. ●

**Alles, was man über den Umgang mit Behörden wissen muß**
(**1390**-6) Von K. Möcks, A. Schmitt, 132 S., kartoniert. ●●

**Wege zum Börsenerfolg**
Aktien · Anleihen · Optionen
(**4275**-2) Von H. Krause, 252 S., 4 s/w-Fotos, 86 Zeichnungen, Pappband. ●●●●

FALKEN-Software
**Börsenfieber**
Spielend spekulieren mit Geld und Aktien
(**7016**-0) IBM-PC und Kompatible, Diskette 5 1/4", mit Begleitheft. ●●●●●*
(**7044**-6) für IBM-PC + Kompatible, Diskette 3 1/2", mit Begleitheft. ●●●●●*

FALKEN Software
**Broker King**
Cash und crash an der Terminbörse. Mit Warenterminsgeschäft und Optionshandel
(**7058**-6) Diskette 3 1/2" für IBM-PC + Kompatible, mit Begleitbroschüre. ●●●●●*

**Wörter und Unwörter**
Sinniges und Unsinniges der deutschen Gegenwartssprache
(**1401**-7) Hrsg. Gesellschaft für deutsche Sprache, 176 S., kartoniert. ●●●

**Richtige Groß- und Kleinschreibung**
durch neue, vereinfachte Regeln. Erläuterungen der Zweifelsfragen anhand vieler Beispiele.
(**0897**-X) Von Prof. Dr. Ch. Stetter, 96 S., kartoniert. ●

**Gutes Deutsch** schreiben und sprechen
(**4432**-1) Von W. Manekeller, Dr. G. Reinert-Schneider, 416 S., durchgehend zweifarbig, Pappband. ●●●●

Mehr Erfolg in der Schule
**Deutsche Rechtschreibung und Grammatik**
Übungen und Beispiele für die Klassen 5–10.
(**4407**-0) Von K. Schreiner, 256 S., durchgehend zweifarbig, Pappband. ●●●●

**Diktate besser schreiben**
Übungen zur Rechtschreibung für die Klassen 4 bis 8
(**0469**-9) Von K. Schreiner, 152 S., 31 Zeichnungen, kartoniert. ●●

FALKEN Software
**Deutsche Grammatik**
Mit fremdsprachiger Bedienerführung
(**7079**-9) Disk. 5 1/4" für IBM-PC + Kompatible, mit Begleitheft. ●●●●●*
(**7080**-9) Disk. 3 1/2" für IBM-PC + Kompatible, mit Begleitheft. ●●●●●*

**Deutsche Grammatik**
Ein Lern- und Übungsbuch
(**0704**-3) Von K. Schreiner, 122 S., kart. ●●

**Aufsätze besser schreiben**
Förderkurs für die Klassen 4–10
(**0429**-X) Von K. Schreiner, 144 S., 31 Abb., kartoniert. ●●

Mehr Erfolg in der Schule
**Der Deutschaufsatz**
Übungen und Beispiele für die Klassen 5–10.
(**4271**-X) Von K. Schreiner, 240 S., 4 s/w-Fotos, 51 Zeichnungen, Pappband. ●●●●

Mehr Erfolg in der Schule
**Deutsch**
Textinterpretation, Literaturgeschichte und Stilkunde
(**4483**-6) Von K. Schreiner, 272 S., 43 zweifarbige Zeichnungen, Pappband. ●●●●

Mehr Erfolg in der Schule
**Deutsche Rechtschreibung und Grammatik**
(**4407**-0) Von K. Schreiner, 256 S., Pappband. ●●●●

**Gedächtnistraining mit Eselsbrücken**
(**1388**-4) Von W. Ettig, 96 S., 36 s/w-Zeichnungen, kartoniert. ●

**Geschichte**
Von der Französischen Revolution bis zur Gegenwart
(**4723**-1) Von K. Schreiner, 256 S., 50 s/w-Fotos, 10 Farbzeichnungen, 6 zweifarbige Landkarten, Pappband. ●●●●

**Geographie**
Natürliche Grundlagen · Gestaltung der Umwelt · Die Staaten der Erde
(**4724**-X) Von V. Disch, 256 S., ca. 40 Karten und Grafiken, Pappband. ●●●●

Mehr Erfolg in der Schule
**Mathematik 1**
Arithmetik und Algebra. Übungen, Beispiele und Lösungen für die Klassen 5 bis 10.
(**4420**-8) Von R. Müller-Fonfara, 256 S., 193 Zeichn., 2 s/w-Fotos, Pappband. ●●●●

Mehr Erfolg in der Schule
**Mathematik 2**
Geometrie, Statistik, Wahrscheinlichkeitsrechnung und kaufmännisches Rechnen
(**4456**-9) Von R. Müller-Fonfara, W. Scholl, 256 S., 6 s/w-Fotos, 304 Zeichnungen, Pappband. ●●●●

**Mathematische Formeln für Schule und Beruf**
Mit Beispielen und Erklärungen.
(**0499**-0) Von R. Müller-Fonfara, 156 S., 210 Zeichnungen, kart. ●●

**Schülerlexikon der Mathematik**
Formeln, Übungen und Begriffserklärungen für die Klassen 5–10
(**0430**-3) Von R. Müller-Fonfara, 176 S., 96 Zeichnungen, kartoniert. ●●

Mehr Erfolg in der Schule
**Mathematik 3**
Analysis, analytische Geometrie und lineare Algebra
(**4541**-7) Von R. Müller-Fonfara, W. Scholl, 240 S., 140 zweifbg. Grafiken, Pappband. ●●●●

Mehr Erfolg in der Schule
**Mathematik 4**
Für die Klassen 11 bis 13
(**4701**-0) Von R. Müller-Fonfara, W. Scholl, 240 S., 91 Zeichnungen, 3 s/w-Fotos, Pappband. ●●●●

**Mathematik-Textaufgaben leicht gelöst**
Aufgaben · Lösungsstrategien · Anwendungsbeispiele
(**1022**-2) Von R. Müller-Fonfara, 128 S., 4 Zeichnungen, kartoniert. ●●

**Rechnen aufgefrischt** für Schule und Beruf.
(**0100**-2) Von H. Rausch, 144 S., kart. ●

Mehr Erfolg in der Schule
**Physik**
Mechanik · Wärmelehre · Optik · Elektrizität · Atomphysik
(**4448**-8) Von Dr. T. Neubert. 240 S., 219 Zeichnungen, Pappband. ●●●●

**Physik verständlich**
Förderkurs für die Klassen 7 bis 10
(**0926**-7) Von Dr. Th. Neubert, 136 S., 146 s/w-Zeichn., 166 Aufgaben, kart. ●●

**Besseres Englisch**
Grammatik und Übungen für die Klassen 5 bis 10.
(**0745**-0) Von E. Henrichs, 144 S., kart. ●●

Mehr Erfolg in der Schule
**Englisch**
Textinterpretationen
(**4518**-2) Von E. Heinrichs-Kleinen, 256 S., Pappband. ●●●●

Mehr Erfolg in der Schule
**Englische Grammatik**
Regeln und Übungen für die Klassen 5 bis 13
(**4431**-3) Von E. Henrichs-Kleinen, 256 S., durchgehend zweifarbig, Pappband. ●●●●

FALKEN Software
**Business English for Secretaries**
Lernen und üben in berufsbezogenen Situationen (**7035**-7) Diskette 5 1/4" für IBM-PC + Kompatible, mit Begleitbroschüre. ●●●●●*
(**7059**-4) Diskette 3 1/2" für IBM-PC + Kompatible, mit Begleitbroschüre. ●●●●●*

FALKEN Software
**The Grammar-Master**
Englische Grammatik üben und beherrschen
(**7002**-0) Diskette für den C 64/C 128 PC ●●●●*
(**7030**-6) Diskette für IBM-PC + Kompatible, mit Begleitheft. ●●●●*

FALKEN-Software
**Vokabeltrainer Englisch**
Von B. Hoppius. (**7001**-2) 2 Disketten für C 64/C 128 PC mit Begleitheft. ●●●●*
(**7034**-9) Diskette 5 1/4" für IBM-PC + Kompatible, mit Begleitheft. ●●●●*
(**7084**-5) Diskette 3 1/2" für IBM-PC + Kompatible, mit Begleitheft. ●●●●*

FALKEN-Software
**Vokabeltrainer Französisch**
Über 2000 Vokabeln und Redewendungen frei erweiterbar
(**7019**-5) Diskette 5 1/4" für IBM-PC und Komp., mit Begleitheft. ●●●●●*

FALKEN-Software
**Je finis, tu finis… maitrisez la grammaire française**
Französische Grammatik lernen und beherrschen
(**7053**-5) Diskette 5 1/4" für IBM-PC + Kompatible, mit Begleitbroschüre. ●●●●*
(**7069**-1) Diskette 3 1/2" für IBM-PC + Kompatible, mit Begleitbroschüre. ●●●●*

FALKEN-Software
**Le monde des affaires en français**
Wirtschaftsfranzösisch leicht gelernt
(**7054**-3) Diskette 5 1/4" für IBM-PC + Kompatible, mit Begleitbroschüre. ●●●●●*
(**7068**-3) Diskette 3 1/2" für IBM-PC + Kompatible, mit Begleitbroschüre. ●●●●●*

**Besseres Französisch**
Grammatik und Übungen für die Klassen 9 bis 11
(**1039**-7) Von R. Lübke, 114 S., durchgehend zweifarbig, kartoniert. ●●

Mehr Erfolg in der Schule
**Französische Grammatik**
Für die Klassen 7 bis 13
(**4703**-7) Von R. Lübke, ca. 256 S., durchgehend zweifarbig, Pappband. ●●●●

FALKEN-Software
**Vokabeltrainer Italienisch**
Über 2000 Vokabeln und Redewendungen frei erweiterbar.
(**7065**-9) Diskette 5 1/4" für IBM-PC + Kompatible, mit Begleitbroschüre. ●●●●*
(**7064**-0) Diskette 3 1/2" für IBM-PC + Kompatible, mit Begleitbroschüre. ●●●●*

FALKEN-Software
**Vokabeltrainer Latein**
Über 2000 Vokabeln und Redewendungen frei erweiterbar
(**7033**-0) Diskette 5 1/4" für IBM-PC + Kompatible, mit Begleitheft. ●●●●*
(**7085**-3) Diskette 3 1/2" für IBM-PC + Kompatible, mit Begleitheft. ●●●●*

**Schnell und sicher zum Führerschein**
Tips und Tricks aus 30jähriger-Fahrlehrer-Praxis.
(**1232**-2) Von O. Einert, 152 S., 156 Farbfotos, 161 z.T. farb. Zeichnungen, kart. ●●

**Der Test-Knacker bei Führerscheinverlust**
(**1262**-4) Von T. Rieh, 128 S., kart. ●●

**Erfolgreiche Bewerbung um einen Ausbildungsplatz**
(**0715**-9) Von H. Friedrich, 128 S., kart. ●

**Bewerbungsstrategien**
Erfolgreiche Konzepte für Karrierebewußte
(**1027**-3) Von Dr. W. Reichel, 128 S., kart. ●●

Karriereplanung mit System
**Bewerbungsstrategien für Frauen**
(**4455**-0) Von R. Ibelgaufts, 144 S., 20 Cartoons, Pappband. ●●

**Die Bewerbung**
Der moderne Ratgeber für Bewerbungsbriefe, Lebenslauf und Vorstellungsgespräche.
(**4138**-1) Von W. Manekeller, 264 S., Pappband. ●●●

**Die erfolgreiche Bewerbung**
Bewerbung und Vorstellung
(**0173**-8) Von W. Manekeller, U. Schoenwald, 144 S., kartoniert. ●●

**Lebenslauf und Bewerbung**
Beispiele für Inhalt, Form und Aufbau
(**0428**-1) Von H. Friedrich, 112 S., kart. ●

**Bewerbungsbriefe und Stellengesuche**
Für handwerkliche, gewerblich-technische und kaufmännische Berufe
(**0138**-X) Von Dr. W. Reichert, ca. 96 S., kartoniert. ●

**Erfolgreiche Bewerbungsbriefe und Bewerbungsformen**
(**0138**-X) Von W. Manekeller, U. Schoenwald, 88 S., kartoniert. ●

Das überzeugende
**Vorstellungsgespräch**
Erfolgreiche Strategien für den ersten Eindruck
(**1261**-6) Von R. Ibelgaufts, 144 S., kart. ●●

**Vorstellungsgespräche**
sicher und erfolgreich führen.
(**0636**-5) Von H. Friedrich, 144 S., kart. ●

**Einstellungstests** und andere Methoden der Bewerberauswahl
(**1263**-2) Von Dr. R. Hilke, H. Hustedt, 160 S., 27 Zeichnungen, kart. ●●

**Keine Angst vor Einstellungstests**
Ein Ratgeber für Bewerber.
(**0793**-6) Von Ch. Titze, 120 S., 67 Zeichnungen, kartoniert. ●

freundin Ratgeber
Psychoterror am Arbeitsplatz
**Mobbing**
(**1434**-1) Von B. Huber, ca. 144 S., kart. ●●

**freundin**
**Kind und Beruf:**
**(K)ein Problem**
(**1322**-1) Von I. Weber, 168 S., 14 Zeichnungen, kartoniert. ●●

freundin Ratgeber
**Neu um Job:**
**So überzeugen Sie**
(**1259**-4) Von G. Teusen, 160 S., kart. ●●

**Die ersten Tage am neuen Arbeitsplatz**
Ratschläge für den richtigen Umgang mit Kollegen und Vorgesetzten
(**0855**-4) Von H. Friedrich, 104 S., kart. ●

**Zeugnisse im Beruf**
richtig schreiben, richtig verstehen
(**0544**-X) Von H. Friedrich, 112 S., kart. ●

**Arbeitszeugnisse**
verstehen und interpretieren
(**1444**-9) Von A. Nasemann, ca. 112 S., kartoniert. ●●

So lernt man leicht und schnell
**Maschinenschreiben**
Lehrbuch für Schulen, Lehrgänge und Selbstunterricht. (**0568**-7) Von M. Kempkes, 112 S., 48 Zeichnungen, kartoniert. ●●

FALKEN-Software
**Maschinenschreiben und Tastaturtraining für Computer**
(**7009**-8) Von B. Hoppius, Diskette 5 1/4" u. 3 1/2" für IBM-PC + Kompatible, mit Begleitheit. ●●●●●*

Leicht und schnell gelernt
**Maschinenschreiben im Selbstunterricht**
(**0170**-3) Von O. Fonfara, 88 S., kartoniert.●

**Buchführung leicht gemacht**
Ein methodischer Grundkurs für den Selbstunterricht (**4238**-8) Von D. Machenheimer, R. Kersten, 252 S., Pappband. ●●●●

**Buchführung leicht gefaßt**
Für Handwerker, Gewerbetreibende und freiberuflich Tätige.
(**0127**-4) Von R. Pohl, 104 S., kartoniert. ●

**Stenografie leicht gelernt**
im Kurus oder Selbstunterricht
(**0266**-1) Von H. Kaus, 64 S., kartoniert. ●

**Gitarre spielen**
Ein Grundkurs für den Selbstunterricht
(**0534**-2) Von A. Roßmann, 96 S., 1 Schallfolie, 150 Zeichnungen, kart. ●●●

Faszinierendes Erlebnis
**Tierwelt**
(**4706**-1) Von U. und W. Dolder, 196 S., 314 Farbzeichnungen, Pappband. ●●●●

**Mein Dschungelbuch**
(**4537**-9) Von W. Fend, 360 S., 561 Farbfotos, Pappband.●●●●

Das große Buch der
**Antworten auf Kinderfragen**
(**4477**-1) Von H. Hofmann, U. Kopp, G. Jankovics u.a., 192 S., 308 Farbzeichnungen, Pappband. ●●●

**Spiele des Lebens?**
Verhaltensweisen und Überlebenskampf der Tiere
(**4524**-7) Von D. Attenborough, 320 S., 163 Farbfotos, Pappband.●●●●

**FALKEN LEXIKON**
Das Wissen unserer Zeit
(**4736**-3) Hrsg. Lexikographisches Institut, 1008 S., ca. 3000 Farbabb., Karten und Tabellen, Pappband. ●●●●

Das neue, farbige
**Jugendlexikon**
(**4472**-0) Von J. Frey, D. Rex, 304 Seiten, 269 und 52 s/w-Fotos, 6 Farbzeichn., Pappband. ●●●●

**Das große farbige Kinderlexikon**
(**4195**-0) Von U. Kopp, 320 S., 493 Farbabb., 17 s/w-Fotos, Pappband. ●●●

**Briefmarken sammeln**
(**0481**-8) Von D. Stein, 120 S., 4 Farbtafeln, 98 s/w-Abbildungen, kartoniert. ●

**Umweltexperimente für Kinder und Jugendliche**
(**4708**-8) Von F. Jantzen, ca. 80 S., ca. 100 farbige Fotos und Zeichnungen, Pappband. ●●●

**Telefonkartenlexikon für Sammler**
(**1406**-6) Von M. Burzan, ca. 160 S., zahlr. Farbabb., kartoniert. ●●●

**Telefonkarten sammeln**
Serien · Preise · Sammeltips
(**1326**-4) Von M. Burzan, 128 S., 251 Farbfotos, kart. ●●

Die Handschrift als Spiegel des Charakters
**Graphologie**
(**1025**-7) Von Dr. W. Busch, 104 S., 87 Schriftproben, kartoniert. ●

**Familienforschung · Ahnentafel · Wappenkunde**
Wege zur eigenen Familienchronik
(**0744**-2) Von P. Bahn, 128 S., 8 Farbtafeln, 30 Abbildungen, kart. ●●

**Familienforschung und Wappenkunde**
(**4485**-2) Von P. Bahn, 224 S., 114 zweifarbige Abbildungen, Pappband. ●●●●●

freundin Ratgeber
**Allein auf Achse**
(**1260**-8) Von H. Guilino, 176 S., kart. ●●

**Brain Building**
Das Supertraining für Gedächtnis, Logik, Kreativität
(**4704**-5) Von M. vos Savant, 256 S., Pappband. ●●●

**Traumdeutung**
Die Bildersprache unserer Traumwelt entschlüsseln
(**4486**-0) Von G. Fink, 384 S., 74 zweifarbige Fotos, Pappband. ●●●●

**Kinderträume**
Ein Ratgeber für Eltern
(**4505**-0) Von G. Fink, ca. 176 S., Pappband. ●●●

**Wahrsagen**
mit den Karten der Madame Lenormand
(**1328**-0) Von B. A. Mertz, 108 S., 39 s/w-Abbildungen, kartoniert. ●●

**Wahrsagen mit Tarot-Karten**
(**0482**-6) Von E. J. Nigg, 112 S., 52 s/w-Abb., Pappband. ●

Die 12 Tierzeichen
**Chinesisches Horoskop**
(**0423**-0) Von G. Haddenbach, 88 S., kartoniert. ●

**Partnerschaftshoroskop**
Glück und Harmonie mit Ihrem Traumpartner.
(**0587**-3) Von G. Haddenbach, 112 S., 11 Zeichnungen, kartoniert. ●

**Im Zeichen der Sterne**
(**0951**-8) Der feurige Widder
(**0952**-6) Der willensstarke Stier
(**0953**-4) Die vielseitigen Zwillinge
(**0954**-2) Der feinfühlige Krebs
(**0955**-0) Der königliche Löwe
(**0956**-9) Die zuverlässige Jungfrau
(**0957**-7) Die charmante Waage
(**0958**-5) Der leidenschaftliche Skorpion
(**0959**-3) Der temperamentvolle Schütze
(**0960**-7) Der treue Steinbock
(**0961**-5) Der selbstbewußte Wassermann
(**0962**-3) Die romantischen Fische
Von G. Haddenbach, 64 S., 35 Farbfotos, Pappband. ●

# Essen und Trinken

**Unsere Kochschule**
(**4526**-3) Von M. Kaltenbach, F. W. Ehlert, 308 S., 736 Farbfotos, Pappband. ●●●●

**Kochen für 1 Person**
Rationell wirtschaften, abwechslungsreich und schmackhaft zubereiten.
(**0586**-5) Von M. Nicolin, 104 S., 8 Farbtafeln, 23 Zeichnungen, kart. ●

**Rezepte für 1 Person**
(**1294**-2) Hrsg. M. Sauerborn, 64 S., 75 Farbfotos, kartoniert. ●

Schnell und individuell
**Die raffinierte Single-Küche**
(**4266**-3) Von F. Faist, 160 S., 151 Farbfotos, Pappband. ●●●●

Für Kenner und Genießer **Lamm**
(**1090**-7) Von H. Imhof, 64 S., 50 Farbfotos, Pappband. ●

Frischer Fang aus Fluß und Meer **Fisch**
(**0964**-X) Von L. Grieser, 48 S., 52 Farbfotos, Pappband. ●●

Zart und edel
**Lachs**
(**1403**-1) Von H. Imhof, 64 S., ca. 50 Farbfotos, Pappband. ●●

**Geflügelgerichte**
(**1348**-5) Hrsg. E. Meyer zu Stieghorst, 64 S., 71 Farbfotos, kartoniert. ●

Gaumenfreuden Tag für Tag
**Pfannengerichte**
(**1007**-9) Von S. Fabke, 64 S., 54 Farbfotos, Pappband. ●●

**Schnitzel, Steaks & Co.**
(**1417**-1) Von N. Frank, 64 S., ca. 50 Farbfotos, kartoniert. ●

**Köstliches aus dem Tontopf**
(**1332**-9) Hrsg. S. Kieslich, 64 S., ca. 50 Farbfotos, kartoniert. ●

Aus eigener Küche **Gute Wurst**
(**0948**-8) Von J. Bessel, G. Quaas, 80 S., 8 Farbtafeln, kart. ●

Aus lauter Lust und Liebe **Knoblauch**
(**0867**-8) Von L. Reinirkens, 64 S., 45 Farbfotos, Pappband. ●●

Bintje, Irmgard und Sieglinde
**Kartoffeln**
(**1032**-X) Von S. Fabke, 64 S., 43 Farb- und 1 s/w-Foto, Pappband. ●

**Kartoffelgerichte**
(**1297**-7) Hrsg. I. Feldhaus, 64 S., 64 Farbfotos, kartoniert. ●

**Nudelgerichte**
(**1293**-4) Hrsg. E. Fuhrmann, 64 S., 66 Farbfotos, kartoniert. ●

Pasta in Höchstform **Nudeln**
(**0884**-8) Von M. Kirsch, 64 S., 62 Farbfotos, Pappband. ●●

**Reis**
Basmati, Patna und Arborio
(**1209**-8) Von K. Iden, 64 S., ca. 50 Farbfotos, Pappband. ●●

Kräftig klar und cremig zart **Feine Suppen**
(**1031**-1) Von H. Imhof, 64 S., 48 Farbfotos, Pappband. ●

Spezialitäten unter knuspriger Decke
**Aufläufe**
(**0882**-1) Von C. Adam, 48 S., 33 Farbfotos, Pappband. ●●

**Aufläufe**
(**1295**-0) Hrsg. E. Fuhrmann, 64 S., 62 Farbfotos, kartoniert. ●

Die Krönung der feinen Küche **Saucen**
(**0817**-1) Von G. Cavestri, 48 S., 40 Farbfotos, Pappband. ●●

Schlank und köstlich **Spargel**
(**1005**-2) Von M. Kirsch, 64 S., 44 Farbfotos, Pappband. ●●

Von Aubergine bis Zucchini **Gemüse**
(**1061**-3) Von H. Cohrs, 64 S., 39 Farbfotos, Pappband. ●

**Gemüsegerichte**
(**1347**-7) Hrsg. E. Fuhrmann, 64 S., 58 Farbfotos, kartoniert. ●

**Gemüseaufläufe**
(**1365**-5) Hrsg. E. Fuhrmann, 64 S., ca. 50 Farbfotos, kartoniert. ●

Statt Breakfast und Lunch **Brunch**
(**1033**-8) Von C. Adam, 64 S., 49 Farbfotos, Pappband. ●

Genießen unter freiem Himmel
**Picknick**
(**1208**-X) Von A. Ilies, 64 S., ca. 50 Farbfotos, Pappband. ●●

Die schönsten Rezepte für
**Frühstück und Brunch**
(**1063**-X) Von K. Kruse-Schorling, 80 S., 8 Farbtafeln, kart. ●

**Schnelle Küche**
Für 2 Personen
(**4718**-5) freundin-Kochstudio, 80 S., 105 Farbf., Pappband. ●●

Kochen auf der richtigen Welle im
**Grill-Mikrowellengerät**
(**1395**-7) Von T. Peters, 96 S., 79 Farbfotos, kartoniert. ●●

**Fritieren**
(**1350**-7) Hrsg. I. Teitge, 64 S., ca. 50 Farbfotos, kartoniert. ●

Schnell auf den Tisch gezaubert
**Kochen mit Mikrowellen**
(**0818**-X) Von A. Danner, 64 S., 52 Farbfotos, Pappband. ●

Italienische Vorspeisen **Antipasti**
(**1006**-0) Von S. Reiter-Westphal, 64 S., 47 Farbfotos, Pappband. ●●

**Italienische Küche**
(**1299**-3) Hrsg. E. Fuhrmann, 64 S., 65 Farbfotos, kartoniert. ●

Schlemmerreise durch die
**Italienische Küche**
(**4172**-1) Von V. Pifferi, 160 S., 109 Farbfotos, Pappband. ●●●●

Spaghetti, Tagliatelle + Co.
**Pasta all'Italiana**
(**1004**-4) Von I. Seyric, 64 S., 57 Farbfotos, Pappband. ●●

**Pizza**
(**1352**-3) Hrsg. M. Sauerborn, 64 S., 72 Farbfotos, kartoniert. ●

Tradition mit Charme
**Wiener Spezialitäten**
(**1343**-4) Von G. Scolik, 64 S., 46 Farbfotos, Pappband. ●●

Schlemmerreise durch die
**Französische Küche**
(**4296**-5) Von H. Imhof, 160 S., 147 Farbfotos, 3 s/w-Fotos, Pappband. ●●●●

Schlemmerreise durch die
**Spanische Küche**
(**4500**-X) Von A. Puente, 160 S., ca. 120 Farbfotos, Pappband. ●●●●

Vom Bosporus zum Ararat
**Türkische Spezialitäten**
(**1191**-1) Von S. Dogan, 64 S., 44 Farbfotos, Pappband. ●●

**Indische Küche**
(**1404**-X) Von C. Zingerling, 64 S., ca. 50 Farbfotos, kartoniert. ●

Schlemmerreise durch die
**Thailändische Küche**
(**4722**-3) Von C. Zingerling, 144 S., 164 Farbf., Pappband. ●●●●

Köstlich fernöstlich
**Asiatische Spezialitäten**
(**1286**-1) Von M. Carroll, E. Mognol, 64 S., 49 Farbf., Pappband. ●●

**Chinesische Küche**
(**1289**-6) Hrsg. M. Sauerborn, 64 S., 73 Farbfotos, kartoniert. ●

Schlemmerreise durch die
**Chinesische Küche**
(**4184**-5) Von K. H. Jen, 160 S., 117 Farbfotos, Pappband. ●●●

Gerichte aus dem
**Wok**
(**1291**-8) Hrsg. M. Sauerborn, 64 S., 76 Farbfotos, kartoniert. ●

Mit Lust und Liebe **Chinesisch Kochen**
(**4441**-0) Von Ho Fu-Lung, Uli Franz, 176 S., 189 Farbfotos, 29 Zeichnungen, Pappband. ●●●●

**Fernöstliche Küche**
(**1384**-1) Hrsg. R. Faller, 64 S., ca. 50 Farbfotos, kartoniert. ●

**Rezepte für Tisch- und Gartengrill**
(**1351**-3) Hrsg. V. Müller, 64 S., 59 Farbfotos, kartoniert. ●

**Braten auf dem heißen Stein**
(**1300**-0) Hrsg. R. Donhauser, 64 S., 56 Farbfotos, kartoniert. ●

**Rezepte rund um Raclette und Doppeldecker**
(**0420**-6) Von J.W. Hochscheid, 72 S., 8 Farbtafeln, kartoniert. ●

Schlemmen in geselliger Runde
**Fleischfondues**
(**0966**-6) Von M. Spötter, 64 S., 62 Farbfotos, Pappband. ●●

**Fondues und Raclettes**
(**4253**-1) Von F. Faist, 160 S., 125 Farbfotos, Pappband. ●●●●

**Fondues**
(**1298**-5) Hrsg. E. Meyer zu Stieghorst, 64 S., 69 Farbf., kart. ●

**Rezepte fürs Raclette**
(**1290**-X) Hrsg. S. Kieslich, 64 S., 59 Farbfotos, kartoniert. ●

Schmelzendes Käsevergnügen **Raclette**
(**0881**-3) Von F. Faist, 48 S., 33 Farbfotos, Pappband. ●

Gartenfrisch genießen
**Feine Salate**
(**4450**-X) Von P. Nikolay, 160 S., 122 Farbfotos, Pappband. ●●●●

**Köstliche Salate**
zum Verwöhnen
(**0222**-X) Von Chr. Schönherr, 96 S., 8 Farbtafeln, 30 Zeichnungen, kartoniert. ●

**Salate**
(**1346**-9) Hrsg. E. Furhmann, 64 S., 62 Farbfotos, kartoniert. ●

Frisch und leicht als Hauptgericht
**Schlemmersalate**
(**0934**-8) Von C. Adam, 64 S., 49 Farbfotos, Pappband. ●●

Köstlich frisch auf den Tisch
**Rohkostsalate**
(**0865**-1) Von C. Adam, 48 S., 26 Farbfotos, Pappband. ●●

Gesund und vielseitig **Alles mit Joghurt** täglich selbstgemacht, mit vielen Rezepten
(**0382**-6) Von G. Volz, 64 S., 8 Farbtafeln, kartoniert. ●

Locker, flockig, leicht...
**Müsli & Co**
(**0965**-8) Von C. Adam, 64 S., 42 Farbfotos, Pappband. ●●

Bärenstark und kerngesund
**Vollwertkost für Kinder**
(**0968**-2) Von S. Reiter, 64 S., 44 Farbfotos, Pappband. ●●

**Gesunde Ernährung für mein Kind**
(**0776**-6) Von M. Bustorf-Hirsch, 112 S., 8 Farbtafeln, 5 s/w-Zeichnungen, kart. ●●

**Eßschule**
Gesunde Ernährung für Kinder im Grundschulalter
(**1314**-0) Von A. Roßmeier, 80 S., 44 Farbf., 50 fbg. Vignetten, Pappband. ●●

**Lieblingsgerichte für Kinder**
Mit Sonderteil: Gesunde Kost für Babys ab 6 Monaten
(**4497**-6) Von G. Righi-Spanfellner, 112 S., 27 Farbzeichnungen, Pappband. ●●●

**Das essen Kinder gern**
(**1405**-8) Hrsg. S. Faust, 64 S., ca. 50 Farbfotos, kartoniert. ●

Mit Lust und Liebe...
**Vollwertküche für Genießer**
(**4412**-4) Von Prof. Dr. C. Leitzmann, H. Million, 256 S., 329 Farbfotos, Pappband. ●●●●

**Vegetarisch kochen und genießen**
Alle Gerichte für 2 Personen
(**4715**-0) Von Prof. Dr. C. Leitzmann, K. Dittrich, C. u. G. Kurz, 128 S., 132 Farbf., Pappband. ●●●●

Das große FALKEN
**Vitaminkochbuch**
für Genießer
(**4714**-2) Von Prof. Dr. troph. M. Hamm, A. Roßmeier, ca. 208 S., zahlr. Farbabb., Pappband. ●●●●

**Die feine Vegetarische Küche**
(**4235**-3) Von F. Faist, 160 S., 191 Farbfotos, Pappband. ●●●●

**Schmackhafte Vollwertkost ohne tierisches Eiweiß**
(**0993**-3) Von M. Bustorf-Hirsch, 96 S., 54 Farbfotos, kartoniert. ●●

**Cholesterinarm kochen und genießen**
(**4442**-9) Von R. Unsorg, 168 S., 132 Farbfotos, kartoniert. ●●●●

Die aktuelle **Cholesterintabelle**
(**1088**-5) Von Dr. H. Oberritter, 84 S., 12 zweifarbige Grafiken, kartoniert. ●

**Die aktuelle Vitamin- und Mineralstofftabelle**
Mit Angaben zu den wichtigsten Vitaminen und Mineralstoffen
(**1110**-5) Von Dr. H. Oberritter, 88 S., 1 zweifarbige Grafik, kart. ●

**Die aktuelle E-Zusatzstoff-Tabelle**
Über 750 Angaben zu Herkunft, Verwendung und möglichen Nebenwirkungen
(**1233**-0) Von T. Pilgram, E.Dahl, 80 S., zweifarbig, kartoniert. ●

**Vollwertküche für Diabetiker**
Köstlich kochen und backen für die ganze Familie
(**4473**-9) Von Prof. Dr. C. Leitzmann, Prof. Dr. H. Laube, H. Million, 168 S., 172 Farbfotos, 8 Zeichnungen, Pappband. ●●●●

**Kochen und backen für Diabetiker**
Gesund und schmackhaft für die ganze Familie
(**4467**-4) Von Dr. med. M. Toeller, W. Schumacher, A. Groote, Dr. troph. A. Klischan, 176 S., 182 Farbfotos, Pappband. ●●●●

**Würzig kochen ohne Salz**
(**0922**-4) Von S. Roediger-Streubel, 160 S., 16 Farbtafeln, kartoniert. ●●

**Die Sojaküche**
Gesund und abwechslungsreich essen
(**0553**-9) Von U. Kolster, 80 S., 8 Farbtafeln, kartoniert. ●

**Gesund kochen mit Keimen und Sprossen**
(**0794**-9) Von M. Bustorf-Hirsch, 96 S., 4 Farbtafeln, 13 s/w-Zeichnungen, kart. ●

**Keime und Sprossen in der Naturküche**
(**4299**-X) Von M. Bustorf-Hirsch, 96 S., 144 Farbfotos, Pappband. ●●●

**Waffeln**
Hörnchen, Pfannkuchen und Crèpes.
(**0522**-9) Von C. Stephan, 64 S., 8 Farbtafeln, kartoniert. ●

**Waffeln**
(**1296**-9) Hrsg. L. Steiger, 64 S., 73 Farbfotos, kartoniert. ●

Mehr Freude und Erfolg beim
**Brotbacken**
(**4148**-9) Von A. und G. Eckert, 160 S., 177 Farbfotos, Pappband. ●●●●

**Meine Vollkornbackstube**
Brot · Kuchen · Aufläufe. (**0616**-0) Von R. Raffelt, 96 S., 4 Farbtafeln, 12 Zeichnungen, kartoniert. ●

**Meine Weihnachtsbackstube**
(**5163**-8) Von M. Sauerborn, 32 S., 23 Farbfotos, mit Vorlagebogen in Originalgröße, kartoniert. ●

Mit Honig, Nuß und Mandelkern
**Weihnachtsplätzchen**
(**1287**-X) Von H. Jaacks, 64 S., 48 Farbf., Pappband. ●●

**Backen ohne Zucker**
(**1234**-9) Von H. Erkelenz, 80 S., 8 Farbtafeln, kart. ●

Süße Verführungen **Desserts**
(**0885**-6) Von M. Bacher, 64 S., 75 Farbfotos, Pappband. ●

Süße Geheimnisse eiskalt gelüftet
**Eis und Sorbets**
(**0870**-8) Von H. W. Liebheit, 48 S., 38 Farbfotos, Pappband. ●●

Raffiniertes mit
**Eis**
Drinks/Desserts/Eissorten
(**1029**-X) Von F. Hoffmann, 64 S., 74 Farbfotos, Pappband. ●●

**Haltbarmachen in der Öko-Küche**
Gesunde Konservierungsmethoden für Obst, Gemüse, Kräuter und Pilze. (**0923**-2) Von M. Bustorf-Hirsch, 120 S., 92 Farbabbildungen, kartoniert. ●●

**Komm, koch und back mit mir**
Kunterbuntes Kochvergnügen für Kinder.
(**4285**-X) Von S. und H. Theilig, illustriert von B. v. Hayek, 112 S., 45 Farbabb., Pappband. ●●

**Lieblingsgerichte für Kinder**
Kerngesund und kunterbunt
(**4497**-6) Von G. Righi-Spanfellner, 112 S., 27 Farbzeichnungen, Pappband. ●●●

Lirum, larum, Löffelstiel...
**Kinder kochen mit Knuddel**
(**1094**-X) Von U. Bültjer, 80 S., 27 zweifarbige Zeichnungen, kartoniert. ●

Backe, backe Kuchen...
**Kinder backen mit Knuddel**
(**1301**-9) Von U. Bültjer, 64 S., 34 Farbf., 60 Farbzeichn., kartoniert. ●

Mit Lust und Liebe
**Garnieren und Verzieren**
Dekoratives zu vielen Anlässen
(**4496**-8) Von M. Müller, E. Pratsch, H. Krieg, 160 S., ca. 100 Farbfotos, Pappband. ●●●●

Mit Lust und Liebe **Kalte Platten & Buffets**
Anrichten und Garnieren
(**4427**-5) Von P. Grotz, 176 S., 228 Farbfotos, Pappband. ●●●●

**Garnieren und Verzieren**
(**4236**-1) Von R. Biller, 160 S., 329 Farbfotos, 57 Zeichnungen, Pappband. ●●●●

Köstlichkeiten für Gäste und Feste
**Kalte Platten**
(**4200**-0) Von I. Pfliegner, 160 S., 130 Farbfotos, Pappband. ●●●●

Wenn Gäste kommen...
**Kalte Küche**
(**1060**-5) Von A. Ilies, 64 S., 49 Farbfotos, Pappband. ●

Raffiniert und vielseitig
**Toasts und Sandwiches**
(**1109**-1) Von R. und T. Donhauser, 64 S., 52 Farbfotos, Pappband. ●●

**Sandwichtoasts**
(**1331**-0) Von F. Faist, 64 S., ca. 50 Farbfotos, kartoniert. ●

**Quiches, Tartes**
und andere pikante Kuchen
(**1407**-4) Hrsg. I. Teitge, 64 S., ca. 50 Farbfotos, kartoniert. ●

freundin
**Snacks**
(**4521**-2) Von V. Müller, 80 S., 87 Farbfotos, Pappband.●●●

Raffiniert kombiniert, schön dekoriert
**Käseplatten**
(**1192**-X) Von S. Carlsson, 64 S., 57 Farbfotos, Pappband.●●

**Festlich kochen und Backen**
für Advent und Weihnachten
(**4443**-7) Von A. Guter, 96 S., 66 Farbfotos, 1 s/w-Foto, Pappband. ●●●

FALKEN
**Festival der schön gedeckten Tische**
(**4738**-X) Von A. F. Endress, ca. 202 S., ca. 80 Farbfotos, 4 Ausklapptafeln, Pappband. ●●●●

**Der perfekt gedeckte Tisch**
(**1028**-1) Von H. Tapper, 80 S., 161 Farbfotos, 13 Zeichnungen, kartoniert. ●●

**Der schön gedeckte Tisch**
Vom einfachen Gedeck bis zur Festtafel stimmungsvoll und perfekt arrangiert.
(**4246**-1) Von H. Tapper, 112 S., 206 Farbfotos, 21 s/w-Abbildungen, Pappband. ●●●

**Servietten falten**
80 Ideen für schön gedeckte Tische
(**1042**-7) Von M. Müller, O. Mikolasek, 80 S., 289 Farbfotos, 50 Zeichnungen, kart. ●●

**Phantasievolle Tischdekorationen selber machen**
(**0984**-4) Von Y. Thalheim, H. Nadolny, 80 S., 174 Farbfotos, 21 Zeichnungen, kart. ●●

**Servietten dekorativ falten**
Geschmackvolle Anregungen aus Stoff und Papier. (**0804**-X) Von H. Tapper, 32 S., 134 Farbfotos, Pappband. ●

**Weine und Säfte, Liköre und Sekt**
selbstgemacht.
(**0702**-7) Von P. Arauner, 232 S., 76 Abb., kartoniert. ●●●

**Was Weinfreunde wissen wollen**
Fragen und Antworten rund um den Wein
(**1224**-1) Von Prof. Dr. K. Röder, H.-G. Dörr, ca. 224 S., kartoniert. ●●

**FALKEN Mixbuch**
(**4733**-9) Hrsg. P. Bohrmann, 560 S., 227 Farbfotos, Pappband. ●●●

**Vitamindrinks**
(**1408**-2) Von H. Reith, W. Hubert, 64 S., ca. 50 Farbfotos, kartoniert. ●

Köstlich, cremig, sahnig, frisch
**Mixen mit Milch**
(**1151**-2) Von S. Carlsson, 64 S., 45 Farbfotos, Pappband.●

**Cocktails und Drinks**
(**1292**-6) Hrsg. S. Kieslich, 64 S., 70 Farbfotos, kartoniert. ●

Fruchtig, spritzig, eisgekühlt
**Mixen ohne Alkohol**
(**0935**-6) Von S. Späth, 64 S., 44 Farbfotos, Pappband. ●●

**Longdrinks**
(**1345**-0) Hrsg. E. Meyer zu Stieghorst, 64 S., ca. 50 Farbfotos, kartoniert. ●

**Light Drinks**
Mixen mit und ohne Alkohol
(**1222**-5) Von S. Edelberg, Heike Reith, 64 S., 48 Farbfotos, Pappband. ●●

**Cocktails**
(**4267**-1) Von W. R. Hoffmann, W. Hubert, U. Lottring, 160 S., 164 Farbfotos, 1 s/w-Foto, Pappband. ●●●●

**Cocktails und Mixereien**
für häusliche Feste und Feiern. (**0075**-0) Von J. Walker, 96 S., 4 Farbtafeln, kart. ●

Schlank werden nach Dr. Hay **Trennkost**
Die bewährten Vollwert-Rezepte von Ursula Summ. (**4298**-1) Von U. Summ, 96 S., 54 Farbfotos, 1 Zeichnung, kart. ●●

**Das große Buch der Trennkost**
Neue Rezepte von Ursula Summ
(**4498**-4) Von U. Summ, 144 S., ca. 100 Farbfotos, Pappband. ●●●

Gesund leben nach Dr. Hay
**Cholesterinarme Trennkost**
Neue Vollwert-Rezepte von Ursula Summ
(**4475**-5) Von U. Summ, 96 S., 52 Farbfotos, kartoniert. ●●

**Die neue Trennkost**
(**4685**-5) Von U. Summ, 96 S., ca. 100 Farbfotos, kartoniert. ●●●

**Schlank nach Maß**
mit der Diät-Computerwaage
(**1064**-8) Von K. Alisch, 104 S., 8 Farbtafeln, kartoniert. ●

**Gesundes Essen für Berufstätige**
Die 4-Wochen-Vollwertkur (**1065**-6) Von M. Weber, ca. 80 S., 8 Farbtafeln, kart. ●

## Garten und Tiere

**FALKEN Gartenjahr**
(**4730**-4) Von K. Greiner, A. Weber, P. Michaeli-Achmühle, 320 S., 380 Farbabbildungen, Pappband. ●●●●

**Garten heute**
Der moderne Ratgeber · Über 1000 Farbbilder. (**4283**-3) Von H. Jantra, 384 S., über 1000 Farbabb., Pappband. ●●●●

**Helmut Jantras Gartenbuch**
Obst · Gemüse · Blumen
(**4522**-0) Von H. Jantra, 200 S., 395 Farbfotos, 123 Farbzeichnungen, 25 Tabellen, Pappband. ●●

**1000 ganz bewährte Garten-Tips**
(**4453**-4) Von H. Jantra, 320 S., 288 zweifbg. und 62 s/w-Zeichn., , Pappband. ●●●

Obst, Gemüse, Blumen, Gras
**Gärtnern macht den Kindern Spaß**
(**4517**-4) Von U. Krüger, 96 S., 85 Farbfotos, 180 Farbzeichznungen, Pappband. ●●

**Rosen**
(**4692**-8) Von H. Steinhauer, ca. 144 S., zahlr. Farbabb., Pappband. ●●●●●

**Rosen**
Auswahl · Pflege · Gestaltung
(**1183**-0) Von H. Jantra, 120 S., 200 Farbfotos, 20 Farbzeichnungen, 8 Bepflanzungspläne, kartoniert. ●●

**Bunte Pracht der Stauden**
Auswahl · Pflege · Gestaltung
(**1376**-0) Von H. Jantra, ca. 112 S., ca. 140 Farbabb., kartoniert. ●●●

**Erfolgstips für den Obstgarten**
Gesunde Früchte durch richtige Sortenwahl und Pflege
(**0827**-9) Von F. Mühl, 184 S., 16 Farbtafeln, 33 Zeichnungen, kartoniert. ●●

**Erfolgstips für den Gemüsegarten**
Mit naturgemäßem Anbau zu höherem Ertrag. (**0674**-8) Von F. Mühl, 80 S., 30 s/w-Fotos, 4 Zeichnungen, kartoniert. ●●

**Obstgehölze sachgemäß schneiden**
(**1127**-X) Von P. G. Wilhelm, 136 S., 8 s/w-Abb., 367 Zeichnungen, kart.●●

**Kompost im Hausgarten**
herstellen und anwenden
(**1258**-6) Von H. Abels, J. Jöstingmeier, ca. 30 zweifarbige Zeichnungen, kart. ●

**Der naturgemäße Zier- und Wohngarten**
Anlegen · Gestalten · Pflegen
(**0748**-5) Von I. Gabriel, 128 S., 72 Farbfotos, 46 Farbzeichnungen, kartoniert. ●●

**Natürlich gärtnern unter Glas und Folie**
Anbauen und ernten rund ums Jahr
(**0722**-1) Von I. Gabriel, 128 S., 62 Farbfotos, 45 Farbzeichnungen, kartoniert. ●●

**Schneckenbekämpfung**
giftfrei und naturgemäß
(**1378**-7) Von B. Meyer, Y. Thalheim, 64 S., 25 s/w-Zeichnungen, 8 Farbtafeln, kartoniert.●●

**Dekorative Kübelpflanzen**
Auswahl und Pflege
(**1074**-5) Von H. Jantra, 112 S., 180 Farbfotos, 35 Farbzeichnungen, kartoniert. ●●

**Blütenpracht auf Balkon und Terrasse**
(**0928**-3) Von M. Haberer, 88 S., 139 Farbfotos, kartoniert. ●●

**Moderne Gartengestaltung**
(**1255**-1) Von K. Greiner, A. Weber, 128 S., mit Rasterbogen und Planelementen zum Ausschneiden, ca. 120 Farbfotos, ca. 20 vierfarbige Pläne, kart. ●●●

Gestaltungsideen für
**Schöne Gärten**
(**4482**-8) Von H. Jantra, 168 S., 309 Farbfotos, 3 s/w-Fotos, , Pappband. ●●●●●

**Der pflegeleichte Hausgarten**
(**1170**-9) Von H. Jantra, 112 S., vierfarbige Abb., kart. ●●

**Schöne Kräutergärten**
(**1256**-X) Von H. Jantra, 112 S., vierfarbige Abb., kart. ●●

**Kleingärten**
Planen · Anlegen · Pflegen
(**1015**-X) Von H. Jantra, 88 S., 123 Farbfotos, 1 s/w-Foto, 14 Farbzeichnungen, , kart. ●●

**Reihenhausgärten**
Planen · Anlegen · Pflegen
(**1016**-8) Von H. Jantra, 104 S., 134 Farbfotos, 45 Farbzeichnungen, kart. ●●

**Kletterpflanzen**
Mit Sonderteil Dachbegrünung
(**4546**-8) Von U. Mehl, K. Werk, 128 S., ca. 150 Farbfotos, farbige und s/w-Zeichnungen, Pappband. ●●●●●

**Steingärten** Wirkungsvoll gestalten und sachgerecht pflegen
(**4452**-6) Von A. Throll-Keller, 128 S., 203 Farbf., 56 Farbzeichn., Pappband. ●●●●

**Gartenteiche, Tümpel und Weiher**
naturnah anlegen und pflegen
(**1073**-7) Von Dr. F. Liedl, H. Goos, 80 S., 87 Farbfotos, 39 Farbzeichnungen, kart. ●●

**Wasser im Garten**
Von der Vogeltränke zum Naturteich · Natürliche Lebensräume selbst gestalten.
(**4230**-2) Von H. Hendel, P. Keßeler, 240 S., 315 Farbabb., 11 s/w-Fotos, Pappband. ●●●●●

**Pflanzen und Tiere für den Gartenteich**
(**1171**-7) Von W. Costa, 128 S., 169 Farbfotos, 40 Farbzeichnungen, 8 Bepflanzungspläne, kartoniert. ●●

**Wintergärten**
Das Erlebnis, mit der Natur zu wohnen. Planen, Bauen und Gestalten.
(**4256**-6) Von LOG ID, 136 S., 130 Farbfotos, 107 Zeichnungen, Pappband. ●●●●●

Rund ums Jahr erfolgreich gärtnern
**Gewächshäuser**
planen · bauen · einrichten · nutzen
(**4408**-9) Von Dr. G. Schoser, J. Wolff, 232 S., 368 Farbabb., 5 s/w-Fotos, Pappband. ●●●●●

Das moderne Handbuch **Zimmerpflanzen**
(**4416**-X) Von H. Jantra, 304 S., 766 Farbfotos, 64 Farb- und 19 s/w-Zeichnungen, Pappband. ●●●●

**365 Erfolgstips für schöne Zimmerpflanzen**
(**0893**-7) Von H. Jantra, 144 S., 215 Farbfotos, kartoniert. ●●

**Dekorative Blattpflanzen**
Auswahl und Pflege
(**1128**-8) Von H. Jantra, 128 S., 198 Farbfotos, 20 Farbzeichnungen, kartoniert. ●●

Prof. Stelzers grüne Sprechstunde
**Gesunde Zimmerpflanzen**
Krankheiten erkennen und behandeln. Mit neuem Diagnosesystem.
(**4274**-4) Von Prof. Dr. G. Stelzer, 192 S., 410 Farbfotos, 10 s/w-Zeichn., Pappband. ●●●●

**Hydrokultur**
Pflanzen ohne Erde – mühelos gepflegt.
(**0944**-5) Von H.-A. Rotter, 144 S., 167 Farbfotos, 13 Farbzeichnungen, kart. ●●

Gesunde Pflanzen in
**Hydrokultur**
(**1257**-8) Von H.-A. Rotter, 80 S., ca. 60 s/w-Zeichnungen, 8 Farbtafeln, kart. ●

**Bonsai** Japanische Miniaturbäume und Miniaturlandschaften. Anzucht, Gestaltung und Pflege.
(**4091**-1) Von B. Lesniewicz, 160 S., 106 Farbfotos, 46 s/w-Fotos, 115 Zeichnungen, gebunden. ●●●●●

**Kakteen**
Auswahl · Pflege · Vermehrung
(**1429**-5) Von G. Andersohn, ca. 120 S., zahlr. Farbabb., kartoniert. ●●●

Grzimek Juniors **BUNTE TIERWELT**
(**4295**-7) Von Chr. Grzimek, 208 S., 308 Farbfotos, Pappband. ●●●●

**Hunde**
Rassen · Ausbildung · Pflege · Zucht
(**4118**-7) Von H. Bielfeld, 192 S., 222 Farb- und 73 s/w-Abb., Pappband. ●●●●

**Das neue Hundebuch**
Rassen · Aufzucht · Pflege (**0009**-X) Von W. Busack, überarbeitet von Dr. med. vet. A. H. Hacker und H. Bielfeld, 112 S., 8 Farbtafeln, 27 s/w-Fotos, 6 Zeichnungen, kartoniert. ●

**Alles über Dackel, Teckel und Dachshunde**
(**1079**-6) Von M. Wein-Gysae, 80 S., 46 Farbfotos, 2 zweifarbige Zeichnungen, kart. ●●

**Hundeausbildung**
Verhalten · Gehorsam · Ausbildung
(**0346**-3) Von R. Menzel, 88 S., 26 Fotos, kartoniert. ●

**Grundausbildung für Gebrauchshunde**
Schäferhund, Boxer, Rottweiler, Dobermann, Riesenschnauzer, Airedaleterrier, Hovawart und Bouvier.
(**0801**-5) Von M. Schmidt und W. Koch. 104 S., 8 Farbtafeln, 51 s/w-Fotos, 5 s/w-Zeichnungen, kartoniert. ●●

**Der Hund in der Familie**
(**1014**-1) Von J. Werner, 128 S., 106 Farbfotos, kartoniert. ●●

**Der Deutsche Schäferhund**
(**1091**-5) Von U. Förster, 112 S., 47 Farbzeichnungen, 2 s/w-Fotos, kartoniert. ●●

**Der Deutsche Schäferhund**
Aufzucht · Pflege und Ausbildung
(**0073**-1) Von A. Hacker, 104 S., 56 Abbildungen, kartoniert. ●

**Alles über junge Hunde**
(**0863**-5) Von Dr. med. vet. E. M. Bartenschlager, 64 S., 49 Farbfotos, 6 Zeichnungen, kartoniert. ●●

**Richtige Hundeernährung**
(**0811**-2) Von Dr. med. vet. E. M. Bartenschlager, 80 S., 51 Farbf., 4 Farbzeichn, kart. ●●

**Hundekrankheiten**
(**1077**-X) Von Dr. med. vet. R. Spangenberg, 96 S., 44 Farb- und 1 s/w-Foto, 22 Farbzeichnungen, kartoniert. ●●

Von Ajax bis Zamperl
**Die beliebtesten Hunde-Namen**
(**1174**-1) Von H.-J. Schließke, ca. 80 S., kart. ●

**Die Katze in der Familie**
(**1076**-1) Von U. Birr, 128 S., zahlr. Farbabb., kartoniert. ●●

**Katzen**
Rassen · Verhalten · Pflege · Zucht
(**4158**-6) Von B. Gerber, 176 S., 294 Farb- und 88 s/w-Fotos, Pappband. ●●●●

**Das neue Katzenbuch**
Rassen · Aufzucht · Pflege.
(**0427**-3) Von B. Eilert- Overbeck, 120 S., 14 Farbfotos, 26 s/w-Fotos, kartoniert. ●

**Katzenkrankheiten**
erkennen und behandeln
(**1078**-8) Von Dr. med. vet. R. Spangenberg, 104 S., 40 Farbfotos und 11 Farbzeichnungen, kartoniert. ●●

**Junge Katzen**
(**0862**-7) Von Dr. med. vet. E. M. Bartenschlager, 72 S., 40 Farbfotos, 4 Farbzeichnungen, kartoniert. ●●

**Pferde**
(**4186**-1) Von H. Werner, 176 S., 196 Farb- und 50 s/w-Fotos, 100 Zeichnungen, Pappband. ●●●●

**Reiten im Bild**
(**0415**-X) Von H. Werner, 128 S., 142 Farbfotos, 107 Farbzeichnungen, kartoniert. ●●

**Der Hobby-Imker**
(**0978**-X) Von Dr. R. F. A. Moritz, 144 S., 106 zweifarbige Zeichnungen, kartoniert. ●●

**Geflügelhaltung als Hobby**
(**0749**-3) Von M. Baumeister, H. Meyer, 184 S., 8 Farbtafeln, 47 s/w-Fotos, 15 zweifarbige Zeichnungen, kartoniert. ●●●

**Sittiche und kleine Papageien**
(**0864**-3) Von Dr. med. vet. E. M. Bartenschlager, 88 S., 84 Farbfotos, 9 Zeichnungen, kartoniert. ●●

**Alles über Großsittiche**
(**1320**-5) Von H. Bielfeld, 88 S., 88 Farbfotos, 3 Farbzeichnungen, kart. ●●

**Alles über Wellensittiche**
(**1129**-6) Von H. Bielfeld, 64 S., 53 Farbfotos, 3 Zeichnungen, kartoniert. ●●

**Alles über Kanarienvögel**
(**0901**-1) Von H. Schnoor, 64 S., 58 Farbfotos und Zeichnungen, kartoniert. ●●

Die Tiersprechstunde
**Artgerechte Vogelfütterung im Winter**
(**0908**-9) Von Dr. W. Keil, 64 S., 51 Farbfotos und Zeichnungen, kartoniert. ●

**Elternlose Jungvögel**
Erste Hilfe · Aufzucht · Auswilderung
(**1319**-1) Von I. Polaschek, 80 S., 80 Farbfotos, 5 Farbzeichnungen, kart. ●●

**Diskusfische**
Arten · Haltung · Pflege
(**1432**-5) Von H. Hirsch, 60 S., ca. 50 Farbfotos, kartoniert. ●●

**Süßwasser-Aquarium**
(**4191**-8) Von H. J. Mayland, 288 S., 564 Farbfotos, 75 Zeichnungen, Pappband. ●●●●●

Die Tiersprechstunde
**Gesunde Fische im Süßwasseraquarium**
(**1013**-3) Von H. J. Mayland, 96 S., 73 Farbfotos, 10 Zeichnungen, kartoniert. ●●

**Alles über Zwerg- und Goldhamster**
(**1012**-5) Von M. Mettler, 96 S., 96 Farbfotos, kartoniert. ●●

**Alles über Chinchillas und Degus**
(**1130**-X) Von M. Mettler, 96 S., 80 Farbfotos, 3 Zeichnungen, kartoniert. ●●

**Alles über Meerschweinchen**
(**0809**-0) Von Dr. med. vet. E. M. Bartenschlager, 72 S., 43 Farbfotos, 11 Farbzeichnungen, kartoniert. ●●

**Alles über Zwergkaninchen**
(**1075**-3) Von M. Mettler,. 64 S., 52 Farbfotos, kartoniert. ●●

**Alles über Rennmäuse**
(**1318**-3) Von M. Mettler, 80 S., 74 Vignetten, kart. ●●

## Sport und Fitneß

**Neue Lehrmethoden der Judo-Praxis**
(**0424**-9) Von P. Herrmann, 223 S., 475 Abb., kartoniert. ●●

**Judo perfekt 1**
(**1249**-7) Von K. Fuchs, 128 S., kart. ●●

**Fußwürfe**
für Judo, Karate und Selbstverteidigung.
(**0439**-7) Von H. Nishioka, übers. von H. J. Heese, 96 S., 260 Abb., kart. ●●

**Karate 1**
zur Selbstverteidigung
(**1312**-4) Von M. Nakayama, 96 S., 315 s/w-Fotos, 5 Zeichn., kart. ●●

**Karate 2**
zur Selbstverteidigung
(**1362**-0) Von M. Nakayama, 96 S., 245 s/w-Fotos, kart. ●●

**Nakayamas Karate perfekt 1**
Einführung.
(**0487**-7) Von M. Nakayama, 136 S., 605 s/w-Fotos, kart. ●●

**Nakayamas Karate perfekt 2**
Grundtechniken.
(**0512**-1) Von M. Nakayama, 136 S., 354 s/w-Fotos, 53 Zeichnungen, kart. ●●

**Nakayamas Karate perfekt 3**
Kumite 1: Kampfübungen.
(**0538**-5) Von M. Nakayama, 128 S., 424 s/w-Fotos, kart. ●●

**Nakayamas Karate perfekt 4**
Kumite 2: Kampfübungen.
(**0547**-4) Von M. Nakayama, 128 S., 394 s/w-Fotos, kart. ●●

**Nakayamas Karate perfekt 5**
Kata 1: Heian, Tekki.
(**0571**-7) Von M. Nakayama, 144 S., 1229 s/w-Fotos, kart. ●●

**Nakayamas Karate perfekt 6**
Kata 2: Bassai-Dai, Kanku-Dai.
(**0600**-4) Von M. Nakayama, 144 S., 1300 s/w-Fotos, 107 Zeichnungen, kart. ●●

**Nakayamas Karate perfekt 7**
Kata 3: Jitte, Hangetsu, Empi.
(**0618**-7) Von M. Nakayama, 144 S., 1988 s/w-Fotos, 105 Zeichnungen, kart. ●●

**Nakayamas Karate perfekt 8**
Gankaku, Jion.
(**0650**-0) Von M. Nakayama, 144 S., 1174 s/w-Fotos, 99 Zeichnungen, kart. ●●

**Karate**
(**2308**-1) Von A. Pflüger, 96 S., 134 Farbfotos, 4 s/w-Zeichnungen, kart. ●●

**Bo-Karate**
Habo-Jitsu – die Techniken des Stockkampfes.
(**0447**-8) Von G. Stiebler, 176 S., 424 s/w-Fotos, 38 Zeichnungen, kart. ●●

**Karate 1**
Einführung · Grundtechniken.
(**0227**-0) Von A. Pflüger, 144 S., 195 s/w-Fotos, 120 Zeichnungen, kart. ●

**Karate 2**
Kombinationstechniken · Katas.
(**0239**-4) Von A. Pflüger, 176 S., 452 s/w-Fotos und Zeichnungen, kart. ●●

**Karate Kata 1**
Heian 1–5, Tekki 1, Bassai-Dai.
(**0683**-7) Von W.-D. Wichmann, 164 S., 703 s/w-Fotos, kart. ●●

**Karate Kata 2**
Jion, Empi, Kanku-Dai, Hangetsu.
(**0723**-X) Von W.-D. Wichmann, 140 S., 661 s/w-Fotos, 4 Zeichnungen, kart. ●●

**Karate Kata 3**
Bassai Sho, Kanku Sho, Nijushiho, Sochin.
(**1120**-2) Von W.-D. Wichmann, 144 S., 598 s/w-Fotos, 4 Grafiken, kart. ●●

Dragon – der Drache
**Die Bruce-Lee-Story**
(**1415**-5) Von L. Lee, ca. 192 S., zahlr. s/w-Abb., kartoniert. ●●●

**Bruce Lees Kampfstil 1**
Grundtechniken
(**0473**-7) Von B. Lee, M. Uyehara, 109 S., 220 Abb., kart. ●

**Bruce Lees Kampfstil 2**
Selbstverteidigungs-Techniken
(**0486**-9) Von B. Lee, M. Uyehara, 128 S., 310 Abb., kart. ●

**Bruce Lees Kampfstil 3**
Trainingslehre
(**0503**-2) Von B. Lee, M. Uyehara, 112 S., 246 Abb., kart. ●

**Bruce Lees Kampfstil 4**
Kampftechniken
(**0532**-7) Von B. Lee, M. Uyehara, 104 S., 211 Abb., kart. ●

**Bruce Lee Kung-Fu**
zur Selbstverteidigung
(**1399**-X) Von B. Lee, 104 S., 120 s/w-Abb., kartoniert. ●●

**Shaolin Kung-Fu 1**
Grundlagen chinesischer Kampfkunst
(**1363**-9) Von C. D. Yao, R. Fassi, 124 S., 207 s/w-Fotos, 30 s/w-Zeichnungen, kartoniert. ●●●

**Shaolin Kung-Fu 2**
Kampftechniken für Angriff und Abwehr
(**1416**-3) Von C. D. Yao, R. Fassi, ca. 144 S., ca. 600 s/w-Abb., kartoniert. ●●

**Kung-Fu 1**
Legende · Philosophie · Grundtechniken
(**0891**-0) Von Chr. Yim, 152 S., 401 s/w-Fotos, 2 s/w-Zeichnungen, kart. ●●

**Kung-Fu und Thai-Chi**
Grundlagen und Bewegungsabläufe
(**0367**-6) Von B. Tegner, 182 S., 370 s/w-Fotos, kart. ●●

**Kung Fu**
Theorie und Praxis klassischer und moderner Stile
(**0376**-5) Von M. Pabst, 160 S., 330 Abbildungen, kartoniert. ●●

**Bruce Lees Jeet Kune Do**
(**0440**-0) Von B. Lee, 192 S., mit 105 eigenhändigen Zeichnungen von B. Lee, kartoniert. ●●

**Shaolin-Kempo – Kung-Fu**
Chinesisches Karate im Drachenstil.
(**0395**-1) Von R. Czerni, K. Konrad, 246 S., 723 Abb., kart. ●●

**Kickboxen**
Fitneßtraining und Wettkampfsport.
(**0795**-7) Von G. Lemmens, 96 S., 208 s/w-Fotos, 23 Zeichnungen, kart. ●●

**Ninja 1**
Die Lehre der Schattenkämpfer.
(**0758**-2) Von S. K. Hayes, übers. von J. Schmit, 144 S., 137 s/w-Fotos, kartoniert. ●●

**Ninja 2**
Die Wege zum Shoshin.
(**0763**-9) Von S. K. Hayes, übers. von J. Schmit, 160 S., 309 s/w-Fotos, 2 Zeichnungen, kartoniert. ●●

**Ninja 3**
Der Pfad des Togakure-Kämpfers.
(**0764**-7) Von S. K. Hayes, übers. von J. Schmit, 144 S., 197 s/w-Fotos, 2 Zeichnungen, kartoniert. ●●

**Ninja 4**
Das Vermächtnis der Schattenkämpfer.
(**0807**-4) Von S. K. Hayes, übers. von J. Schmit, 196 S., 466 s/w-Fotos, kart. ●●

**Taekwondo perfekt 1**
Die Formenschule bis zum Blaugurt.
(**0890**-2) Von K. Gil, Kim Chul-Hwan, 176 S., 439 s/w-Fotos, 107 Zeichnungen, kart. ●●

**Taekwondo perfekt 2**
Die Formenschule vom Blau- bis zum Schwarzgurt.
(**0976**-3) Von K. Gil, K. Chul-Hwan, 192 S., 461 s/w-Fotos, 112 Zeichnungen, kart. ●●

**Taekwondo perfekt 3**
(**1068**-0) Von K. Gil, K. Chul-Hwan, 200 S., 429 s/w-Fotos, kartoniert. ●●●

**Taekwondo perfekt 4**
(**1250**-0) Von K. Gil, 160 S., zahlreiche s/w-Fotos und Schrittdiagramme, 17 Übungstafeln zum Herausnehmen, kart. ●●●

**Ju-Jutsu 1**
Grundtechniken · Moderne Selbstverteidigung.
(**0276**-9) Von W. Heim, F. J. Gresch, 164 S., 450 s/w-Fotos, 8 Zeichn., kartoniert. ●

**Ju-Jutsu 2**
für Fortgeschrittene und Meister.
(**0378**-1) Von W. Heim, F. J. Gresch, 160 S., 798 s/w-Fotos, kartoniert. ●●

**Ju-Jutsu 3**
Spezial-, Gegen- und Weiterführungs-Techniken · Stockkampfkunst.
(**0485**-0) Von W. Heim, F. J. Gresch, 200 S., über 600 s/w-Fotos, kartoniert. ●●

**Aikido**
Lehren und Techniken des harmonischen Weges.
(**0537**-7) Von R. Brand, 280 S., 697 Abb., kartoniert. ●●

**Hap Ki Do**
Koreanische Selbstverteidigung nach dem Lehrsystem des Großmeisters.
(**0379**-X) Von Kim Sou Bong, 112 S., 152 Abb., kartoniert. ●●

**Dynamische Tritte**
Grundlagen für den Zweikampf.
(**0438**-9) Von C. Lee, 96 S., 398 s/w-Fotos, 10 Zeichnungen, kart. ●●

**Super-Tritte**
(**1248**-9) Von W. Wallace, 136 S., kart. ●●

**Selbstverteidigung**
Abwehrtechniken für Sie und Ihn.
(**0853**-8) Von E. Deser, 96 S., 259 s/w-Fotos, kartoniert. ●

Die Faszination athletischer Körper
**Bodybuilding**
mit Weltmeister Ralf Möller.
(**4281**-7) Von R. Möller, 128 S., 169 Farbfotos, 14 s/w-Fotos, 1 Farbzeichnung, Pappband. ●●●●

**Ladyfitneß**
Das neue Körperbewußtsein der Frau
Bodyshaping · Körperpflege · Ernährung · Entspannung
(**4433**-X) Von Prof. Dr. S. Starischka, B. Grabis, D. von Cramm, G. W. Kienitz, 128 S., 227 Farbfotos, Pappband. ●●●●

**Bodybuilding für Frauen**
Wege zu Ihrer Idealfigur
(**0661**-6) Von H. Schulz, 112 S., 84 s/w-Fotos, 4 Zeichnungen, kart. ●

**Bodybuilding**
Anleitung zum Muskel- und Konditionstraining für sie und ihn
(**0604**-7) Von R. Smolana, 160 S., 171 s/w-Fotos, kartoniert. ●●

**Bodybuilding**
(**2314**-6) Von L. Spitz, 112 S., 203 Farbabbildungen, 10 Tabellen. ●●

**Leistungsfähiger durch Krafttraining**
Eine Anleitung für Fitness-Sportler, Trainer und Athleten.
(**0617**-9) Von W. Kieser, 96 S., 20 s/w-Fotos, 62 Zeichnungen, kart. ●

**Krafttraining**
Wirbelsäulengerechte Übungen an und mit Geräten
(**1309**-4) Von A. Balk, 48 S., 8 Bildtafeln, Spiralbindung. ●●●

**Muskeltraining mit Hanteln**
Leistungssteigerung für Sport und Fitneß
(**0676**-4) Von H. Schulz, 104 S., 92 s/w-Fotos, 2 Zeichnungen, kartoniert. ●

**Ausdauertraining**
Einführung und Grundtechniken
(**1396**-5) Von G. Eyting, 32 S., 41 Farbfotos, 21 Farbzeichn., kartoniert. ●●●

**Hanteltraining zu Hause**
(**0800**-7) Von W. Kieser, 80 S., 71 s/w-Fotos, 4 Zeichnungen, kartoniert. ●

**Fit und gesund**
Fitneßtraining und Bodybuilding zu Hause. Trainingsprogramme für Ihr Wohlbefinden.
(**0782**-5) Von Prof. Dr. S. Starischka, 80 S., 100 Farbfotos, 3 Zeichnungen, kart. ●●

**Optimale Ernährung**
für Krafttraining und Bodybuilding.
(**0912**-7) Von B. Dahmen, 88 S., 8 Farbtafeln, 8 Zeichnungen, kart. ●●

**Erfolgstraining**
Mentale und körperliche Vorbereitung sportlicher Höchstleistungen
(**1162**-8) Von M. Regner, 128 S., 65 s/w-Fotos und Zeichnungen, kartoniert. ●●●

**Aufwärmen**
Übungen und Programme für Sport und Spiel
(**1311**-6) Von Dr. H. Wolff, 40 S., 8 Bildtafeln, Spiralbindung. ●●●

**Fitneßtraining**
Empfohlen vom Deutschen Sportbund
(**1245**-4) Von Marianne Schreiber, 32 S., Spiralbindung mit Ausklapptafeln. ●●

**Wirbelsäulengymnastik**
Empfohlen vom Deutschen Sportbund
(**1246**-2) Von L. Keller, 40 S., Spiralbindung mit Ausklapptafeln. ●●

**Stretching**
Empfohlen vom Deutschen Sportbund
(**1247**-0) Von A. Balk, 40 S., Spiralbindung mit Ausklapptafeln. ●●

Gesund und fit durch **Konditionstraining und Wirbelsäulengymnastik**
(**0844**-9) Von R. Milser und K. Grafe, 104 S., 99 Farbfotos, 12 Farbzeichnungen, 5 s/w-Zeichnungen, kart. ●●

**Isometrisches Training**
Übungen für Muskelkraft und Entspannung.
(**0529**-6) Von L. M. Kirsch, 104 S., 150 s/w-Fotos, kartoniert. ●●

**Stretching**
Mit Dehnungsgymnastik zu Entspannung, Geschmeidigkeit und Wohlbefinden.
(**0717**-5) Von H. Schulz, 80 S., 90 s/w-Fotos, kartoniert. ●

**Stretching**
(**2304**-9) Von B. Kurz, 96 S., 255 Farbfotos, kartoniert. ●●

**Gesund und fit durch Gymnastik**
(**0366**-8) Von H. Pilss-Samek, 88 S., 130 Abb., kartoniert. ●

**Funktionelles Körpertraining**
Grundlagen und Bewegungsprogramme
(**1367**-1) Von A. Balk, 40 S., 100 Farbfotos, kartoniert. ●●●

**Spielerisch zur Kondition**
Über 100 Trainingsspiele zur Verbesserung von Ausdauer, Schnelligkeit, Kraft und Beweglichkeit
(**1214**-4) Von U. Stumpp, 120 S., 30 Grafiken, kartoniert. ●●●

AOK-Videothek
**Top-Form Gymnastik**
Ein Bewegungsprogramm für pfundige Leute
(**6144**-7) VHS, ca. 30 Min., in Farbe. ●●●●*

**Fit und frisch**
Gymnastik für die ganze Familie
(**6501**-9) Von G. Sieber, 104 S., 306 Farbfotos, 5 Farbzeichnungen, kart., mit Audiokassette, Laufzeit 30 Min. ●●●

**Sportjahr 93**
Rekorde · Siege · Schicksale · Ergebnisse
Mit Sonderteil Leichtathletik-WM (**4690**-1)
Ca. 176 S., zahlr. Farbabb., Pappband. ●●●

**Freeclimbing**
Technik und Training
(**1251**-9) Von T. Strobl, 144 S., durchgehend vierfarbig, kart. ●●●

**Skateboard**
Material · Technik · Fahrpraxis
(**1104**-0) Von F. Böhm, M. Rieger, 96 S., 321 Farbabbildungen, kartoniert. ●●●

**Fechten**
Florett · Degen · Säbel.
(**0449**-4) Von E. Beck, 88 S., 185 Fotos, 10 Zeichnungen, kartoniert. ●●

**SportRegeln Volleyball**
(**1368**-X) 88 S., 5 Farbtafeln, 19 s/w-Fotos, kartoniert. ●●

**Fußball**
(**2309**-X) Von H. Obermann, P. Walz, 112 S., 47 Farbfotos, 18 Farb- und 25 s/w-Zeichnungen, kart. ●●

**Sepp Maier**
**Super-Torwart-Training**
(**4451**-8) Von S. Maier, 168 S., 30 Farb- und 34 s/w-Fotos, 236 zweifarbige Zeichnungen, Pappband. ●●●

**SportRegeln**
**American Football**
(**1165**-2) 136 S., 18 s/w-Fotos, kartoniert. ●

**Handball**
Technik · Taktik · Regeln.
(**0426**-5) Von F. und P. Hattig, 128 S., 91 s/w-Fotos, 121 Zeichnungen, kart. ●●

**Handball**
Grundlagen für Training und Spiel
(**2321**-9) Von H.-P. Oppermann, 120 S., 39 Farbtafeln, 12 s/w-Fotos, 108 Farbzeichnungen, kartoniert. ●●

**SportRegeln Handball**
Die offiziellen Regeln
Wissenswertes von A bis Z
(**1099**-6) 88 S., 32 s/w-Fotos, 14 Zeichnungen, kartoniert. ●

**SportRegeln Rugby**
Die offiziellen Regeln
Wissenswertes von A bis Z
(**1216**-0) 96 S., zahlr. zweifbg. Abb., kart. ●

**Tennis**
Technik · Taktik · Regeln.
(**0375**-7) Von W. u. S. Taferner, 112 S., 81 Abb., kartoniert. ●

**SportRegeln Tennis**
Die offiziellen Regeln
Wissenswertes von A bis Z
(**1097**-4) 88 S., 24 s/w-Fotos, 6 Zeichnungen, kartoniert. ●

**Tischtennis-Technik**
Der individuelle Weg zu erfolgreichem Spiel.
(**0775**-2) Von M. Perger, 144 S., 296 Abb., kartoniert. ●●

**SportRegeln Tischtennis**
Die offiziellen Regeln
Wissenswertes von A bis Z (**1252**-7) 96 S., zahlreiche zweifarbige Abb., kart. ●

**Badminton**
Technik · Taktik · Training.
(**0699**-3) Von K. Fuchs, L. Sologub, 168 S., 51 Abbildungen, kartoniert. ●●

**SportRegeln Badminton**
(**1101**-6) 84 S., kartoniert.●

**Squash**
(**2311**-1) Von P. Langhammer, R. Michna, 96 S., 86 Farbfotos, 13 Farbzeichn., kart. ●●

**Squash**
Ausrüstung · Technik · Regeln
(**0539**-3) Von D. von Horn, H.-D. Stünitz, 96 S., 55 s/w-Fotos, 25 Zeichnungen, kart. ●

**SportRegeln Squash**
Die offiziellen Regeln
Wissenswertes von A bis Z
(**1100**-8) 64 S., 11 s/w-Fotos, 23 Zeichnungen, kartoniert. ●

**Golf**
Neue Wege zum erfolgreichen Spiel
(**4509**-3) Von O. Heuler, ca. 144 S., zahlr. Farbabb., Pappband. ●●●●

**SportRegeln Golf**
(**1315**-9) 96 S., 19 s/w-Fotos, kartoniert. ●

**Golf**
Ausrüstung und Technik.
(**0343**-9) Von J. C. Jessop, 96 S., 57 Abb., Anhang Golfregeln des DGV, kart. ●

**Eishockey**
Lauf- und Stocktechnik, Körperspiel, Taktik, Ausrüstung und Regeln.
(**0414**-1) Von J. Capla, 264 S., 548 s/w-Fotos, 163 Zeichnungen, kart. ●●●

**SportRegeln Eishockey**
(**1098**-2) 116 S., kartoniert.●

**Billard**
Grundstöße · Viertelbillard und Freie Partie
(**1313**-2) Von Dr. H. Stingel, 112 S., 196 Zeichn., kart., ●●●

Grundlagen für Training und Spiel
**Pool-Billard**
(**2318**-9) Von B. Pejcic, R. Meyer, 96 S., durchgehend vierfarbig, kart. ●●

**Pool-Billard**
(**0484**-2) Herausgegeben vom Deutschen Pool-Billard-Bund. Von M.Bach, K.-W. Kühn, 104 S., 64 Abb., kart. ●

FALKEN Video
**Reiten**
Von der ersten Stunde bis zum Ausritt
(**6097**-1) VHS, ca. 60 Min., in Farbe, mit Begleitheft.●●●●*

**Reiten**
(**2322**-7) Von T. Eckholt, 128 S., durchgehend vierfarbig, kart. ●●

**Tanzstunde**
Das Welttanzprogramm leicht gelernt
(**4409**-2) Von G. Hädrich, 164 S., 489 s/w-Fotos, 63 Zeichnungen, Pappband. ●●●

**Wir lernen Tanzen**
(**0200**-9) Von E. Fern, 152 S., 119 s/w-Fotos, 47 Zeichnungen, kartoniert. ●●

Anmutig und fit durch
**Bauchtanz**
(**0911**-9) Von Marta, 120 S., 229 Farbfotos, 6 s/w-Zeichnungen, kartoniert. ●●●

**Sporttauchen**
Theorie und Praxis des Gerätetauchens
(**0647**-0) Von S. Müßig, 144 S., 8 Farbtafeln, 35 s/w-Fotos, 89 Zeichnungen, kart. ●●

**Fit mit Sporttauchen**
(**2320**-0) Von Dr. F. Naglschmid, 112 S., 71 Farbfotos, 21 Zeichnungen, kart. ●●

**Angelfischerei von Aal bis Zander**
Fische · Geräte · Technik.
(**0324**-2) Von H. Oppel, 72 S., 16 Farbtafeln, 49 s/w-Abb., kartoniert. ●●

**Angeln**
Kleine Fibel für den Sportfischer.
(**0198**-3) Von E. Bondick, 80 S., 4 Farbtafeln, 116 Abbildungen, kartoniert. ●

**Fit mit Surfen**
(**2317**-3) Von H. Mönster, K.-H. Eden, B. Bohr, 104 S., 110 Farbfotos, 23 s/w-Zeichnungen, kartoniert. ●●

**Skifitneß**
Konditionstraining und Skigymnastik für Piste und Loipe
(**1418**-X) Von G. Stangassinger, ca. 40 S., ca. 8 Bildtafeln, kartoniert. ●●●

**Snowboarding**
Ausrüstung · Fahrtechnik · Wettkämpfe
**Videokassette** (**6139**-0) VHS, ca. 45 Min., in Farbe. ●●●●*

**Fibel für Kegelfreunde**
Sport- und Freizeitkegeln · Bowling
(**0191**-6) Von G. Bocsai, 72 S., 62 Abb., kart. ●

**111spannende Kegelspiele**
(**2031**-7) Von H. Regulski, 80 S., 53 Zeichnungen, kartoniert. ●

Beliebte und neue
**Kegelspiele**
(**0271**-8) Von H. Regulski, 92 S., 62 Abbildungen, kartoniert. ●

## Mensch und Gesundheit

Der moderne Ratgeber
**Wir werden Eltern**
Schwangerschaft · Geburt · Erziehung des Kleinkindes.
(**4269**-8) Von B. Nees-Delaval, 376 S., 335 2-farbige Abb., Pappband. ●●●●

**Ich freue mich auf mein Baby**
Ratgeber und Tagebuch für die Schwangerschaft
(**4711**-8) Von E. Portz-Schmitt, 184 S., 18 Farbfotos, 72 Farbzeichn., Pappband. ●●●●

**Ich bekomme ein Baby**
Wegweiser für Schwangerschaft und Geburt
(**1254**-3) Von B. Nees-Delaval, 144 S., durchgehend zweifarbig, kart. ●●

**Wenn der Mensch zum Vater wird**
Ein heiter-besinnlicher Ratgeber
(**4259**-0) Von D. Zimmer, 160 S., 20 Zeichnungen, Pappband. ●●●

AOK Bibliothek
**Schwangerschaftsgymnastik und Geburtsvorbereitung**
(**1423**-6) Von L. Keller, ca. 112 S., zahlr. Farbabb., kartoniert. ●●●

Vorbereitung auf die Geburt und
**Schwangerschaftsgymnastik**
Atmung, Rückbildungsgymnastik,
(**0251**-3) Von S. Buchholz, 112 S., 98 s/w-Fotos, kartoniert. ●

**Die Kunst des Stillens**
nach neuesten Erkenntnissen (**0701**-9) Von Prof. Dr. med. E. Schmidt, S. Brunn, 112 S., 20 Fotos und Zeichnungen, kart. ●

**Das Babybuch**
Pflege · Ernährung · Entwicklung
(**0531**-8) Von A. Burkert, 96 S., 76 zweifbg. Zeichnungen, 22 s/w-Zeichnungen, kart. ●●

**Babyfitneß**
Massage, Spiele, Gymnastik und Schwimmen für Kinder im 1. Lebensjahr
(**1034**-6) Von G. Zeiß, 112 S., 179 zweifarbige Illustrationen, , kartoniert. ●●

**Wenn Kinder krank werden**
Medizinischer Ratgeber für Eltern
(**4240**-X) Von B. Nees-Delaval, 232 S., 163 Zeichnungen, Pappband. ●●●

**Keinen Mann um jeden Preis**
Das neue Selbstverständnis der Frau in der Partnerbeziehung
(**4440**-2) Von Shere Hite, Kate Colleran, 208 S., Pappband. ●●●

**Total verknallt ... und keine Ahnung?**
Alles über Liebe, Sex und Zärtlichkeit
(**1024**-9) Von H. Bruckner, R. Rathgeber, 104 S., 38 Abbildungen, kartoniert. ●●

Streicheleinheiten für Körper und Seele
**Partnermassage**
(**4444**-5) Von Chr. Unseld-Baumanns, 136 S., 145 Farbfotos, Pappband. ●●●●

freundin Ratgeber
**Glück braucht Mut**
Die Psycho-Logik des Jens Corssen
(**1176**-8) Von J. Corssen, B. Schmidt, 160 S., kartoniert. ●●

**Angst und Panik**
Ursachen · Symptome · Therapie
(**1422**-8) Von Prof. Dr. H.-R. Lückert, ca. 160 S., zahlr. Abb., kartoniert. ●●●

**Wörterbuch der Medizin**
(**4535**-2) 400 S., 229 Farbf., Pappband. ●●●●

**Bildatlas des menschlichen Körpers**
(**4177**-2) Von G. Pogliani, V. Vannini, 112 S., 402 Farbabb., 28 s/w-Fotos, Pappband. ●●●●

**Nahrungsmittelallergien**
So ernähren Sie sich richtig!
(**0913**-5) Von Priv.-Doz. Dr. med. Dr. med. habil. J. von Mayenburg, Prof. Dr. med. Dr. phil. S. Borelli, E. Polster, 136 S., kart. ●●

**Neurodermitis**
Ursachen · Ganzheitliche Behandlung · Selbsthilfe
(**1218**-7) Von Prof. Dr. med. Dr. phil. S. Borelli, 144 S., kartoniert.●●

**Bluthochdruck**
Risikofaktoren · Vorbeugung · Behandlung
(**1125**-3) Von Prof. Dr. med. D. Klaus, R. Unsorg, G. Leibold, 152 S., 25 Farbfotos, 22 Farbzeichnungen, kartoniert.●●●

**Arteriosklerose**
Risikofaktoren/Vorbeugung/Therapie
Richtige Ernährung bei erhöhtem Cholesterinspiegel.
(**1020**-6) Von Prof. Dr. med. G. Assmann, Dr. troph. U. Wahrburg, 192 S., 84 farb. Abb., 4 s/w-Zeichnungen, kartoniert. ●●●

**Asthma**
Pseudokrupp, Bronchitis und Lungenemphysem
Krankheitsbilder · Diagnose · Therapie
(**1126**-1) Von Prof. Dr. med. W. Schmidt, S. Ertelt, 152 Seiten, 110 zweifarbige Zeichnungen, kartoniert. ●●●

**Risiko Herzinfarkt**
Empfohlen von der Deutschen Herzstiftung
(**1217**-9) Von C. Halhuber, M. J. Halhuber, 152 S., 38 Farb- und 8 s/w-Zeichnungen, kartoniert.●●●

**So arbeitet das Immunsystem**
Funktionsweise · Störungen · Natürliche Stärkung
(**1253**-5) Von V. Friebel, J. Ledvina, A. Roßmeier, 168 S., 18 Farbtafeln, 38 zweifbg. Zeichnungen, kartoniert.●●●

**Diabetes**
Krankheitsbild, Therapie, Kontrollen, Schwangerschaft, Sport, Urlaub, Alltagsprobleme. Neueste Erkenntnisse der Diabetesforschung. (**0895**-3) Von Dr. med. H. J. Krönke, 120 S., 4 Farbtafeln, 14 s/w-Fotos, 13 s/w-Zeichnungen, kartoniert. ●

**Naturkosmetik**
Die Grundlagen gesunder und natürlicher Hautpflege.
(**1080**-X) Von N. E. Haas, 120 S., 63 Farbabb., kartoniert. ●●

Die sanfte Art des Heilens
**Homöopathie**
Praktische Anwendung und Arzneimittellehre
(**4418**-X) Von J. H. P. Kreuter, 216 S., 49 Zeichnungen, Pappband. ●●●

**Aromatherapie**
Gesundheit und Entspannung durch ätherische Öle.
(**1131**-8) Von K. Schutt, 96 S., 40 zweifarbige Abbildungen, kartoniert. ●●

**Heilatmen**
Ein Weg zu Lebenskraft und innerer Harmonie
(**1047**-8) Von K. Schutt, 112 S., 57 zweifarbige Abb., kartoniert. ●●

Bewährte Naturheilverfahren bei
**Herz-Kreislauf-Erkrankungen**
(**1084**-2) Von Dr. med. O. Wolff, G. Leibold, 104 S., kartoniert. ●

**Risiko Herzinfarkt**
(**1217**-9) Von Dr. C. Halhuber, Prof. Dr. M. J. Halhuber, 160 S., durchgehend zweifarbig, kart. ●●●

**Krebsangst und Krebs behandeln**
Mit einem Vorwort von Prof. Dr. med. Friedrich Douwes.
(**0839**-2) Von G. Leibold, 104 S., kartoniert. ●

Bewährte Naturheilverfahren bei
**Krebs**
(**1082**-6) Hrsg. H.-R. Heiligtag, 88 S., kartoniert. ●

**Heilen mit Blütenenergien**
nach Dr. Bach
(**1141**-5) Von J. Wenzel, ca. 96 S., kartoniert. ●

Bewährte Naturheilverfahren bei
**Migräne und Schlafstörungen**
(**1081**-8) Von G. Leibold, Dr. med. H. Chr. Scheiner, 112 S., kartoniert. ●

**Gesunder Schlaf**
Schlafstörungen ohne Medikamente erfolgreich behandeln.
(**1036**-2) Von D. H. Alke, 88 S., 22 s/w-Abb., mit Audiokassette, kartoniert. ●●●

Natürliche Behandlungsmethoden bei
**Rückenschmerzen**
Massage · Gymnastik · Entspannung
(**4447**-X) Von Prof. Dr. med. H. Hess, K. Eder, H.-J. Montag, K. Schutt, 152 S., 168 Farbabbildungen, Pappband. ●●●

**TELE-Rückenschule**
Wohlbefinden durch bewußte Körpererfahrung
(**1310**-8) Von K. Haak, 64 S., 19 Farb-, 24 s/w-Fotos, 24 Zeichn., 2 Ausklapptafeln, mit Audiokassette, kart. ●●●●

**TELE-Rückenschule**
Wohlbefinden durch bewußte Körpererfahrung
**Videokassette** (**6108**-0) VHS, ca. 60 Min., in Farbe, mit Broschüre. ●●●●*

**Rheuma behandeln und lindern**
Mit einem Vorwort von Dr. med. Max-Otto Bruker.
(**0836**-8) Von G. Leibold, 96 S., kartoniert. ●

**Besser sehen durch Augentraining**
Ein Gesundheitsprogramm zur Verbesserung des Sehvermögens.
(**0914**-3) Von K. Schutt, B. Rumpler, 96 S., 32 s/w-Zeichnungen, kartoniert. ●●

So arbeitet das
**Immunsystem**
(**1253**-5) Von V. Friebel, I. Ledvina, A. Roßmeier, 192 S., durchgehend zweifarbig, kartoniert. ●●●

**Allergien behandeln und lindern**
Mit einem Vorwort von Prof. Dr. med. Axel Stemmann.
(**0840**-6) Von G. Leibold, 96 S., 4 Zeichnungen, kartoniert. ●

**Enzyme**
Vitalstoffe für die Gesundheit
(**0677**-2) Von G. Leibold, 96 S., kartoniert. ●

**Besser leben durch Fasten**
(**0841**-4) Von G. Leibold, 96 S., kartoniert. ●

**Die echte Schroth-Kur**
(**0797**-3) Von Dr. med. R. Schroth, 88 S., 2 s/w-Fotos, kartoniert. ●

Massagetechniken und Heilanzeigen
**Reflexzonentherapie**
(**4404**-6) Von G. Leibold, 128 S., 53 Farbzeichnungen, Pappband. ●●●

**Akupressur** zur Eigenbehandlung
(**0417**-6) Von G. Leibold, 112 S., 78 Abb., kartoniert.●

**Shiatsu-Massage**
Harmonisierung der Energieströme im Körper
(**0615**-2) Von G. Leibold, 196 S., 180 Abb., kartoniert. ●●●

**Fußsohlenmassage**
Heilanzeigen · Technik · Selbsthilfe
(**0714**-0) Von G. Leibold, 96 S., 38 Zeichnungen, kartoniert. ●

Entspannung und Schmerzlinderung durch
**Massage**
(**0750**-7) Von B. Rumpler, K. Schutt, 112 S., 116 zweifarbige Zeichnungen, kart. ●

Gesundheit und Entspannung durch
**Massage**
(**1317**-5) Von K. Schutt, 168 S., 126 Farbf., 61 Farbzeichn., kart. ●●●

**Entspannung**
(**0834**-1) Von Dr. Med. Chr. Schenk, 88 S., 29 Zeichnungen, kart. ●

**Autogenes Training**
Ein Programm zur Streßbewältigung
(**1278**-0) Von Dr. P. Kruse, B. Pavlekovic, K. Haak, 112 S., durchgehend zweifarbig, kart. ●●●

Erfolg und Lebensfreude durch
**Autogenes Training und Psychokybernetik**
(**1035**-4) Von D. H. Alke, 80 S., 2 s/w-Zeichnungen, mit Audiokassette, kartoniert. ●●●

Chinesisches Schattenboxen
**Tai-Ji-Quan**
für geistige und körperliche Harmonie
(**0850**-3) Von F.T. Lie, 120 S., 221 s/w-Fotos, 9 s/w-Zeichnungen, Beilage: 1 s/w-Poster mit zahlreichen Abbildungen, kart. ●●

**Yoga für jeden**
(**1277**-2) Von K. Zebroff, 144 S., Spiralbindung, durchgehend vierfarbig, kart. ●●●

**Yoga**
Weg zur Harmonie
(**4417**-8) Von A. Harf, W. von Rohr, 176 S., 171 Farbfotos, 12 s/w-Zeichnungen, Pappband. ●●●●

**Yoga gegen Haltungsschäden und Rückenschmerzen**
(**0394**-3) Von A. Raab, 104 S., 215 Abb., kartoniert. ●

AOK-Bibliothek
**Radwandern**
für die Gesundheit
(**1369**-8) Von S. Kälberer, J.–U. Knoll, 128 S., 126 Farbfotos, kartoniert. ●●●

AOK-Bilbliothek
**Osteoporose**
Vorbeugen · Diagnose · Behandlung
(**1371**-X) Von A. Baumgarten, 96 S., 74 Farbfotos, 17 Farbzeichn., kartoniert. ●●●

AOK-Bibliothek
**Erkältungskrankheiten**
Vorbeugung und Behandlung
(**1372**-8) Von G. Leibold, 112 S., 74 Farbfotos, 7 Farbzeichn., kartoniert. ●●●

AOK-Bibliothek
**Krankenpflege zu Hause**
Anleitungen, Tips und Informationen
(**1373**-6) Von S. Hof, 104 S., 68 Farbfotos, 32 Farbzeichn., kartoniert. ●●●

**PfundsKur Kochbuch**
(**4726**-6) Von F. Metzler, 112 S., 81 Farbf., Pappband. ●●●

Fit ohne Fett
**Die neue PfundsKur**
(**1370**-1) Von Prof. Dr. V. Pudel, 128 S., kartoniert. ●

Die aktuelle
**Ballaststofftabelle**
(**1288**-8) Von Dr. H. Oberritter, 80 S., kart. ●

Neue Rezepte für **Diabetiker-Diät**
Vollwertig · abwechslungsreich · kalorienarm
(**0418**-4) Von M. Oehlrich, 96 S., 8 Farbtafeln, kartoniert. ●

**Diät bei Herzkrankheiten und Bluthochdruck**
Rezeptteil von B. Zöllner
(**3202**-1) Von Prof. Dr. med. H. Rottka, 92 S., 4 Farbtafeln, kartoniert. ●●

**Diät bei Erkrankungen der Nieren, Harnwege und bei Dialysebehandlung**
Rezeptteil von B. Zöllner.
(**3203**-X) Von Prof. Dr. med. Dr. h. c. H. J. Sarre und Prof. Dr. med. R. Kluthe, 96 S., 33 Farbfotos, 1 s/w-Zeichnung, kartoniert. ●●

**Diät bei Darmkrankheiten**
Durchfall · Divertikulose, Reizdarm und Darmträgheit · einheimische Sprue (Zöllakie) · Disaccharidasemangel · Dünndarmresektion · Dumping Syndrom, Rezeptteil von B. Zöllner.
(**3211**-0) Von Prof. Dr. med. G. Strohmeyer, 88 S., 4 Farbtafeln, kartoniert. ●●

**Diät bei Gicht und Harnsäuresteinen**
Rezeptteil von B. Zöllner.
(**3205**-6) Von Prof. Dr. med. N. Zöllner, 112 S., 35 Farbtafeln, kartoniert. ●●

**Diät bei Zuckerkrankheit**
Rezeptteil von B. Zöllner (**3206**-4) Von Prof. Dr. med. P. Dieterle, 112 S., 42 Farbfotos, 4 vierfarbige Vignetten, 1 s/w-Zeichnung, kartoniert. ●●

**Diät bei Störungen des Fettstoffwechsels und zur Vorbeugung der Arteriosklerose**
Rezeptteil von B. Zöllner.
(**3208**-0) Von Prof. Dr. med. G. Wolfram, 102 S., 32 Farbfotos, kartoniert. ●●

**Ballaststoffreiche Kost bei Funktionsstörungen des Darms**
Rezeptteil von B. Zöllner.
(**3212**-9) Von Prof. Dr. med. H. Kasper, 96 S., 34 Farbfotos, 1 s/w-Foto, kart. ●●

**Diät bei Krankheiten des Magens und Zwölffingerdarms**
Rezeptteil von B. Zöllner
(**3201**-3) Von Prof. Dr. med. H. Kaess, 96 S., 35 Farbfotos, 1 s/w-Zeichnung, kart. ●●

**Diät bei Krankheiten der Gallenblase, Leber und Bauchspeicheldrüse**
Rezeptteil von B. Zöllner.
(**3207**-2) Von Prof. Dr. med. H. Kasper, 88 S., 35 Farbfotos, 1 s/w-Zeichnung, , kart. ●●

## Computerbücher

Das neue FALKEN
**Computerlexikon**
(**4356**-2) Von Dr. B. Kopp, 336 S., 121 s/w-Fotos, 184 Computergrafiken, Pappband. ●●●●

**Computer-Grundwissen**
Eine Einführung in Funktion und Einsatzmöglichkeiten
(**4359**-7) Von Chr. T. Wolff, 176 S., 182 Farbfotos, kartoniert.●●●●
(**4358**-9) Pappband.●●●●

**Der PC**
(**4732**-0) Von U. u. H. Freund, 336 S., 386 Farbfotos, Pappband. ●●●●●

freundin
**Das Computerbuch für Frauen**
(**4372**-4) Von M. Thiel, 176 S., 102 Farbfotos, 73 Zeichnungen, Pappband. ●●●●

**Desktop Publishing: Typografie und Layout** Seiten gestalten am PC · für Einsteiger und Profis (**4330**-9) Von Dr. H. D. Baumann, M. Klein, 320 S., zahlreiche zweifarbige Abb., Pappband. ●●●●●

PC HELP!
**Wissenschaftliche Texte mit Word 5.5**
(**4360**-0) Von P. Vogel, ca. 96 S., durchgehend zweifarbig, kartoniert. ●●

PC HELP!
**Praktische Computernutzung mit Works 2.0**
(**4369**-4) Von A. Görgens, ca. 96 S., durchgehend zweifarbig, kartoniert. ●●

PC HELP!
**DFÜ mit dem PC**
(**4370**-8) Von M. Hofmann, ca. 96 S., durchgehend zweifarbig, kart. ●●

PC HELP!
**Zeichnen mit dem PC**
(**4361**-9) Von M. Hofmann, ca. 96 S., durchgehend zweifarbig, kart. ●●

PC HELP!
**Präsentation mit dem PC**
(**4368**-6) Von M. Hofmann, 96 S., 47 zweifarbige screenshots, kart. ●●

PC HELP!
CONFIG. SYS. und AUTOEXEC. BAT
**Optimale Systemkonfiguration**
(**4338**-4) Von A. Görgens, 64 S., ca. 50 s/w-Abbildungen und Grafiken, kart. ●●

PC HELP!
**DOS-Kommandos richtig nutzen**
(**4339**-2) Von A. Görgens, 64 S., ca. 50 s/w-Abbildungen und Grafiken, kart. ●●

PC HELP!
**Batch-Dateien – DOS-Abläufe selber festlegen**
(**4341**-4) Von A. Görgens, 64 S., ca. 50 s/w-Abbildungen und Grafiken, kart. ●●

PC HELP!
**Die ersten Schritte mit dem PC**
(**4344**-9) Von P. Vogel, H. Ebsen, 64 S., ca. 50 s/w-Abbildungen und Grafiken, kartoniert. ●●

PC HELP!
**Mehr Speicher unter DOS nutzen**
(**4345**-7) Von K. O. Kuhl, 64 S., ca. 50 s/w-Abbildungen und Grafiken, kart. ●●

PC HELP!
**Viren erkennen und beseitigen**
(**4346**-5) Von M. Hofmann, 64 S., ca. 50 s/w-Abbildungen und Grafiken, kart. ●●

**DTP-Lexikon für die Praxis**
(**4373**-2) Ca. 96 S., durchgehend zweifarbig, kart. ●●●

**Gestalten mit Pagemaker für Windows**
(**4375**-9) Von M. Hofmann, R. Titius, 116 S., 53 zweifbg. screenshots, kart. ●●

**Präsentationsprogramme richtig nutzen**
(**4376**-7) Von M. Hofmann, 96 S., 60 zweifarbige screenshots, kartoniert. ●●

**Datenaustausch 1**
(**4378**-3) Von M. Hofmann, 104 S., 63 zweifbg. screenshots, kartoniert. ●●

**Datenaustausch 2**
(**4379**-1) Von M. Hofmann, 96 S., 34 zweifarbige screenshots, kart. ●●

**WordPerfect 6.0 für Windows**
(**4380**-5) Von U. Freund, ca. 96 S., kartoniert. ●●

**Update**
**MS-DOS 6.0**
Beilage: Kurzreferenz
(**4385**-6) Von M. Hofmann, ca. 96 S., kartoniert. ●●●

**PC-Pannen selbst beheben**
Hardware · Software
(**4383**-X) Von M. Hofmann, 144 S., kart. ●●

**Windows für Workgroups**
(**4381**-3) Von P. Vogel, 80 S., 40 Screenshots, kartoniert. ●●

## Software

FALKEN Software
**Maschinenschreiben und Tastaturtraining für Comuter**
(**7009**-8) Von B. Hoppius, Diskette 5 1/4" u. 3 1/2" für IBM-PC + Kompatible, mit Begleitheft. ●●●●●*

FALKEN Software
**Musterkorrespondenz in Deutsch, Englisch, Französisch, Italienisch, Spanisch**
(**7041**-1) Diskette 5 1/4" für IBM-PC + Kompatible, mit Begleitbroschüre. ●●●●*
(**7051**-9) Diskette 3 1/2" für IBM-PC + Kompatible, mit Begleitbroschüre. ●●●●*

FALKEN Software
**Vokabeltrainer Englisch**
Über 2000 Vokabeln und Redewendungen
(**7001**-2) Disk. für C 64/C 128 PC, mit Begleitheft. ●●●●*

FALKEN Software
**Take a Trip to Britain**
Spielend Englisch lernen mit dem Computer
(**7039**-X) Diskette 5 1/4" für IBM-PC + Kompatible, mit Begleitheft. ●●●●●*

FALKEN Software
**The Grammar Master**
(**7002**-0) Diskette für C 64/C 128 PC, mit Begleitheft. ●●●●*
(**7030**-6) für IBM-PC + Kompatible, mit Begleitheft. ●●●●*
(**7032**-2) für Amiga, mit Begleitheft. ●●●●*

FALKEN Software
**From Coast to Coast**
Travelling through the USA
(**7061**-6) Diskette 3 1/2" für IBM-PC + Kompatible, mit Begleitbroschüre. ●●●●●*

FALKEN Software
**Vokabeltrainer Französisch**
Über 2000 Vokabeln und Redewendungen frei erweiterbar.
(**7019**-5) Disk. für IBM-PC + Kompatible, mit Begleitheft. ●●●●●*

FALKEN Software
**Je finis, tu finis ... maîtrisez la grammaire française**
Französische Grammatik lernen und beherrschen
(**7053**-5) Diskette 5 1/4" für IBM-PC + Kompatible, mit Begleitbroschüre. ●●●●*
(**7069**-1) Diskette 3 1/2" für IBM-PC + Kompatible, mit Begleitbroschüre. ●●●●*

FALKEN Software
**Le monde des affaires en français**
Wirtschaftsfranzösisch leicht gelernt
(**7054**-3) Diskette 5 1/4" für IBM-PC + Kompatible, mit Begleitbroschüre. ●●●●●*
(**7068**-3) Diskette 3 1/2" für IBM-PC + Kompatible, mit Begleitbroschüre. ●●●●●*

FALKEN Software
**Vokabeltrainer Italienisch**
Über 2000 Vokabeln und Redewendungen frei erweiterbar
(**7065**-9) Diskette 5 1/4" für IBM-PC + Kompatible, mit Begleitbroschüre. ●●●●*
(**7064**-0) Diskette 3 1/2" für IBM-PC + Kompatible, mit Begleitbroschüre. ●●●●*

FALKEN Software
**Vokabeltrainer Latein**
Über 2000 Vokabeln und Redewendungen frei erweiterbar
(**7033**-0) Diskette für IBM-PC + Kompatible, mit Begleitbroschüre. ●●●●*

FALKEN Software
**Börsenfieber**
Spielend spekulieren mit Geld und Aktien
(**7016**-0) für IBM-PC + Kompatible, Diskette 5 1/4", mit Begleitheft. ●●●●●*
(**7044**-6) für IBM-PC + Kompatible, Diskette 3 1/2", mit Begleitheft. ●●●●●*

FALKEN Software
**Broker King**
Cash und crash an der Terminbörse
(**7058**-6) Diskette 3 1/2" für IBM-PC + Kompatible, mit Begleitbroschüre. ●●●●●*

## Video

**Hobby Aquarellmalen**
Landschaft und Stilleben
(**6022**-X) VHS, 40 Min., in Farbe, mit Begleitheft. ●●●●*

**Hobby Ölmalerei**
Landschaft und Stilleben
(**6025**-4) VHS, 40 Min., in Farbe, mit Begleitheft. ●●●●*

**Basteln mit Kindern**
(**6041**-6) VHS, 60 Min., in Farbe, mit Vorlagen in Originalgröße, mit Begleitheft. ●●●*

**Die Modelleisenbahn**
Anlagenbau in Modultechnik
(**6028**-9) VHS, 30 Min., in Farbe. ●●●●*

**Golf**
(**6053**-X) VHS, 60 Min., in Farbe, mit Begleitheft. ●●●●●*

**Reiten**
(**6097**-1) VHS, ca. 60 Min., in Farbe, mit Begleitbroschüre. ●●●●*

**Skigymnastik perfekt**
(**6052**-1) VHS, ca. 60 Min., in Farbe, mit Begleitbroschüre. ●●●●●*

**Snowboarding**
(**6139**-0) VHS, ca. 45 Min., in Farbe, mit Broschüre.●●●●*

**Pflanzenjournal**
Blumen- und Pflanzenpflege im Jahreslauf
(**6036**-X) VHS, 30 Min., mit Begleitheft. ●●●●*

**Schnitt und Pflege**
von Bäumen und Sträuchern
(**6050**-5) VHS, 45 Min., in Farbe, mit Begleitheft. ●●●●*

Erfolgreiche Streßbewältigung
**Autogenes Training**
Video 1: Einführung und Kurs
Video 2: Übungen
(**6132**-3) VHS, jeweils ca. 60 Minuten, in Farbe. ●●●●●*

**Aktfotografie**
Gestaltung/Technik/Spezialeffekte
Interpretationen zu einem unerschöpflichen Thema
(**6001**-7) VHS, 60 Min., in Farbe, mit Begleitheft. ●●●●●*

**Videografieren**
Technik/Bildgestaltung/Schnitt/Vertonung, Filmen mit Video 8 (**6031**-6) VHS, 60 Min., in Farbe, mit Begleitheft. ●●●●●*

**Videografieren perfekt**
Profitricks für Aufnahmetechnik und Nachbearbeitung
(**6042**-4) VHS, (**6044**-4) Video 8, 60 Min., in Farbe, mit Begleitheft. ●●●●●*

**Top-Form Gymnastik**
Ein Bewegungsprogramm für pfundige Leute
(**6144**-7) VHS, ca. 30 Min., in Farbe. ●●●●*

Fitt ohne Fett
**PfundsKur Video**
(**6142**-0) VHS, ca. 40 Min., in Farbe.●●●●*

Streicheleinheiten für Körper und Seele
**Partnermassage**
(**6051**-3) VHS, 45 Min., in Farbe, mit Begleitheft. ●●●●●*

**Tele Partner Massage**
Zärtliche Entspannung zu zweit
(**6131**-5) VHS, ca. 60 Minuten, in Farbe. ●●●●*

**Sinnliche Stunden**
(**6099**-8) VHS, ca. 60 Min., in Farbe, mit Begleitbroschüre. ●●●●●*

**Nie wieder rauchen**
(**6100**-5) VHS, ca. 45 Min., in Farbe, mit Begleitbroschüre. ●●●●*

**New York**
(**6151**-X) VHS, ca. 60 Min., in Farbe. ●●●●*

**Kalifornien**
(**6152**-8) VHS, ca. 60 Min., in Farbe. ●●●●*

**USA Südwest**
(**6153**-6) VHS, ca. 60 Min., in Farbe. ●●●●*

**Florida**
(**6154**-4) VHS, ca. 60 Min., in Farbe. ●●●●*

**Hawaii**
(**6164**-1) VHS, ca. 60 Min., in Farbe. ●●●●*

**Irland**
(**6167**-6) VHS, ca. 60 Min., in Farbe. ●●●●*

**Norwegen**
(**6161**-7) VHS, ca. 60 Min., in Farbe. ●●●●*

**Kanarische Inseln**
(**6162**-5) VHS, ca. 60 Min., in Farbe. ●●●●*

**Mallorca**
(**6143**-9) VHS, ca. 60 Min., in Farbe. ●●●●*

**Toscana**
(**6148**-X) VHS, ca. 60 Min., in Farbe. ●●●●*

**Rom**
(**6145**-5) VHS, ca. 60 Min., in Farbe. ●●●●*

**Venedig**
(**6146**-3) VHS, ca. 60 Min., in Farbe. ●●●●*

**Florenz**
(**6147**-1) VHS, ca. 60 Min., in Farbe. ●●●●*

**Paris**
(**6157**-9) VHS, ca. 60 Min., in Farbe. ●●●●*

**Wien**
(**6158**-7) VHS, ca. 60 Min., in Farbe. ●●●●*

**London**
(**6159**-5) VHS, ca. 60 Min., in Farbe. ●●●●*

**Prag**
(**6165**-X) VHS, ca. 60 Min., in Farbe. ●●●●*

**Griechische Inseln**
(**6166**-8) VHS, ca. 60 Min., in Farbe. ●●●●*

**Kuba**
(**6150**-1) VHS, ca. 60 Min., in Farbe. ●●●●*

**Dominikanische Republik**
(**6163**-3) VHS, ca. 60 Min., in Farbe. ●●●●*

**Malediven**
(**6156**-0) VHS, ca. 60 Min., in Farbe. ●●●●*

**Bali**
(**6149**-8) VHS, ca. 60 Min., in Farbe. ●●●●*

**Thailand**
(**6155**-2) VHS, ca. 60 Min., in Farbe. ●●●●*

**Hongkong**
(**6160**-9) VHS, ca. 60 Min., in Farbe. ●●●●*

# Bestellschein

Erfüllungsort und Gerichtsstand für Vollkaufleute ist der jeweilige Sitz der Lieferfirma. Für alle übrigen Kunden gilt dieser Gerichtsstand für das Mahnverfahren. Falls durch besondere Umstände Preisänderungen notwendig werden, erfolgt Auftragserledigung zu dem bei der Lieferung gültigen Preis.

Ich bestelle hiermit aus dem Falken-Verlag GmbH, Postfach 1120, D-65521 Niedernhausen/Ts., durch die Buchhandlung:

Ex.

Ex.

Ex.

Ex.

Name: Datum:

Straße:

Ort: Unterschrift:

Die hier vorgestellten Bücher, Videokassetten und Software sind in folgende Preisgruppen unterteilt:

● Preisgruppe bis DM 10,–/S 79,–/SFr 11,–
●● Preisgruppe über DM 10,– bis DM 20,– S 80,– bis S 160,– SFr 10,– bis SFr 21,–
●●● Preisgruppe über DM 20,– bis DM 30,– S 161,– bis S 240,– SFr 21,– bis SFr 30,–
●●●● Preisgruppe über DM 30,– bis DM 50,– S 241,– bis S 400,– SFr 30,– bis SFr 50,–
●●●●● Preisgruppe über DM 50,–/S 401,–/SFr 50,–
* (unverbindliche Preisempfehlung)

Die Preise entsprechen dem Status beim Druck dieses Verzeichnisses (s. Seite 1) – Änderungen, im besonderen der Preise, vorbehalten –

**Falken-Verlag GmbH · Postfach 1120** FALKEN **D-65521 Niedernhausen/Ts. · Tel.: 0 61 27 / 70 20**